張亦絢——著

愛的不久時

南特／巴黎回憶錄

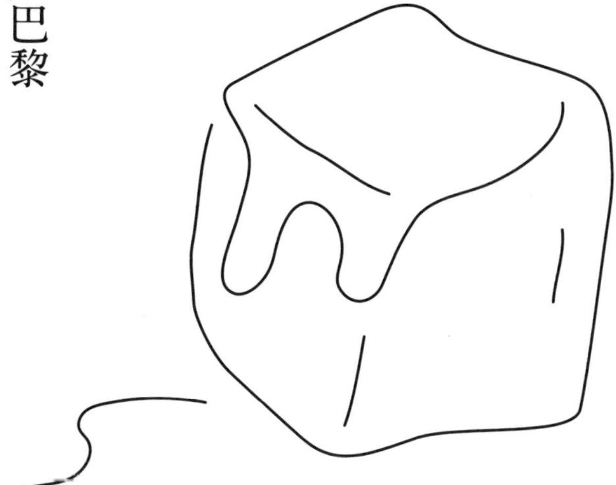

目次

愛的不久時

南特／巴黎回憶錄

……比風還快　比時間還快……（...plus vite que le vent, plus vite que le temps...）

〈我將不會有時間〉（*Je n'aurai pas le temps*[1]）

---

1 Michel Fugain作曲、Pierre Delanoë作詞，電影《昨日當我是歌手》（*Quand j'étais Chanteur*）主題曲之一。

第一部　開始前的開始

1

作家的人生跟她的作品有什麼關係呢？對這問題，我一向憑直覺行事，沒有什麼清楚的打算。惟有一次，我忽然心生感慨，對自己道，我生命中有件事，而這事，這事我一定不寫它的。

這個念頭一閃而過。

後來，我不禁想到，是不是每個寫書的人，都有過這樣一個祕密。也就是說，有一天，我們親逢某事，我們儘管感觸深沉我們儘管驚為天人，但我們決定，這東西，我要把它帶進我的墳墓裡。

我相信，如果每個寫書的人，都有這不為人知的一面，那原因一定各有千秋，而且，比任何曾經寫出過的東西，都能令人知道人生。

但是，既然寫書的人決定不寫，我們對這主題可以包含的東西，只能一無所知。當我在開始這本書時，我的決定並沒有改變。那個我所深愛的某事某物，我要永遠留給我自己，沒有任何原因的，我要讓它不在人間流傳。

說是沒有任何原因的，或許也不一定。雖然基於職業的習慣，是會覺得彷彿自己竊取了什麼；但又知道，這可是完全在自己的自由範圍內——畢竟，這件事如果不是當事人自己說出來，一切都是神不知、鬼不覺的。當事人，不知為什麼，光這三個字就有點美。

在某個範圍內，作家確實是很無私的，痛苦也好，幸福也好，懷疑也好，幻滅也好，有了什麼，一轉手，都可能讓它化成作品中看不見的血肉。不過，自從我有那次小逃兵的想法後，我就知道，就算作為作家，我也不是那麼無私的。一生至少要有一次，要背叛，要脫離，要擅離職守，那原本自己跟自己說好了，如同天職般的終身職：寫。

說到現在都不是重點。我並不打算討論這件事。如同我已經指出來的，這件事如果存在，是極私密的，除了臆測，不會有太多挖掘得到的內容。不過，這倒是令我想到德弗扎克。

據說作曲家德弗扎克喜歡火車。時常特地跑去鐵道不遠處，為的是觀看火車。作者行文到此，已經十分雋永可喜，但是這個日本的音樂評論者似乎非常大惑不解，或說特別熱心研究？他就這件事做了一個結論：德弗扎克雖然非常喜歡火車，但他終其一生卻沒有寫過關於火車的樂曲。

看到這一段的時候，我笑了，除了文章本身的趣味外，當然也是因為聯想到了自己。想到自己如果喜歡什麼東西，落在別人眼裡，也有可能被評論道：某某雖然很喜歡某某物，但她從來就沒有以此為題材寫過任何小說——作家與不寫作的人的一個大差別就在這，後者對作家是如何寫作的總有一個想像，然而，這個想像往往與實際情形天差地遠。

在最普遍的看法裡，人們以為能從作品中看到作者的人生。

有一次，在法文課堂中，授課的老師知道我寫作，兩眼因此微亮微笑地問道：「這麼說來，我們也有可能被寫進小說裡面囉？」「應該不會吧！」當時的我在心中嘀咕道：「讀哲學的也那麼沒水準嗎，把寫作想成什麼啦，當我隨時在臨摹寫生。要知道，被寫未必是好事。」——寫到這，很想對當年的當事人說一句：「果然是被寫進小說裡面啦，各位。不過呢，差別就是，就算是被寫進來，也絕不是你想像的那樣就是了。」

但我確實感到困擾。文學與人生的距離，似乎只存在我一個人的心中，是我一個人的守則。我有一個朋友就認為，她應該也可以在我的小說裡扮演一角，自己給我建議了一個她出場的方式，連在小說中她的名字她都想好了——彷彿我的小說是一間公寓，有興趣的人都可以搬進去做房客。

還有人借用我小說中人物的說詞來對我說話，認為這樣會貼合我的生活，甚至討我喜歡。你／妳無法想像我覺得多怪異。也有一點被侵犯的悲傷感。無論怎麼說也不會有人相信：小說是小說；人生是人生。其中有不可滅的界線，我知道，但是怎麼樣，也無法讓其他人知道。

2

對我這個態度抗議的最厲害的，大約發生在十年前。抗議的人終於在十年後進入了小說，至於是不是如他所願，已經成為無從查考的事，而他，就要成為現在這個小說最重要的一個主角了，這在十年前，或者甚至在三天前，都不是我這個作家所能預料的。

他在這了，他說道：「妳不見我，都是因為我不能做為妳小說的靈感。」

我搖頭，溫和地說道：「寫小說不像你想像的那樣。」

他不肯罷休。他甚至連事實的基本面都搞錯了，首先我沒有不肯見他，其次我從來不缺乏靈感——這倒不是說我靈感源源不絕的意思——我曾聽過一個同時身兼畫家與精神分析師的教授這樣嘆道：所有創作的人都知道，面對白紙，沒有靈感是多麼痛苦的一件事。

我差點沒出聲反駁，怎麼會是這樣子呢？

為什麼要去面對白紙呢？

在人生中怎麼會有時間去面對白紙呢？

這種時候，難道不是做什麼都好但不需創作嗎？

我會有這種態度，大概是因為，我並不是一個非常尊重創作的人，這倒不是說我會主張人們不發稿費或胡亂抄襲的意思，而是說，我再喜歡某個作品，我都沒辦法覺得創作非常了不起。所以我是不會要為它受什麼苦、做什麼犧牲的，更不要說，為它而去過某種被假想為比較有助創作的生活，不管是養尊處優或波西米亞。

而且，我對寫作造成的不便並非毫無怨言。它造成的麻煩至少有這三樣，首先是娛樂減少，寫作導致的專注會使得那段時間不能做太高品質的娛樂，因為那會分散心思。

再來，在這過程中我不能做重大決定，比如要不要愛一個人或要不要搬家。寫作時，在所謂現實這塊區域中，我是遊魂。我對此非常計較，擔心我在人生的歷練上會遠遠落後同輩：當妳的同齡者都在增長不管那是什麼的社會閱歷時，妳正過著一天兩千字兩千字再兩千字這樣的生活，這不可怕嗎？

中共試射飛彈那一年，我在寫小說，在章節與章節間休息時，想到，此時我如此不問世事，要是仗都打起來了，或是朋友們都躲到山裡了，我搞不好都還不知道呢。因此下樓匆匆地買了咖啡、乾糧與維他命之類的東西，裝好在背包裡，一旦得逃難時，可以包包背了就走，此事辦妥後，就再回去寫小說。

說起來，飛彈一直衝過來，雖說只是試試，但一個認真的人，難道不該好好體驗一下那到底是什麼滋味呢？但是因為正在寫小說，對於應該是重要的現實，竟然也只採取非常敷衍的態度，沒有去感受。這使我覺得，寫作的人，真不正常。

寫作第三個討人厭的東西，就是它對個人生活的剝奪。在寫作期間，我的日記都變得沒什麼內容。一來是，當天所發生最大的事，往往就是妳小說的幾千字，總不要再在日記上重複了吧？二來是，就算在那一天，有了特別的感觸，因為主力都拿去給小說了，餘力寫日記時，用字往往能省則省。日後重看，往往有種「啊！那段時間我好像完全沒活過」的感覺。

我對他說道：「小說是小說，我的人生是我的人生。這是兩回事。」

他再度抗議道：「但是妳只有一個人生啊！」

我試圖換話題。我實在並不看重他的說法。

那天我們正在一個一般人所說的「談判日」之中，要決定我們之間的關係是什麼——。

我想的是，彼此的關係是不是已經到了盡頭呢？這一面，會不會是兩人的最後一面？——當時的我十分憂傷。而且，如果有什麼東西，是我最沒有想到的，大概，就是我的寫作了。

我剛剛完成了一部中篇，正處於一個我認為可以認真面對人生，把小說拋到腦後的時段。

然而他卻不這麼想。

他是對的嗎？那是愛嗎？他是小說的人物了。

3

每當我想起法國的南特（Nantes）時，很奇怪的是，我總是最先想起日本人有子。

有子到底算是我的什麼人呢？說是同學嘛，有子根本很少來上課；說是朋友，又差那麼一點不知叫什麼的東西。至少我知道，以有子的標準來說，像我這種不保持頻繁聯絡的，不能算是朋友。

那是一次不經意的聊天。我隨口說道：有些我非常在乎的人，我也只保持一年一次的聯絡頻率罷了。當時有子斷然回答道：一年一次，那絕不可能是朋友的。有子那種「妳似乎沒有數學頭腦」的毅然的態度，令我覺得很有趣。

把「座敷娃娃」按真人的比例放大，幾乎不需加減任何東西，那就是有子的模樣。那指的不只是她外形中線條與顏色的分明，還加上她氣質中略帶非人氣的木頭與織物的光澤。有子總是身穿一件紅色的毛料短大衣，更顯得她長髮漆黑亮麗，非常好看。

她沉痛地說道：「這件大衣——穿了四年！」

我也窮，我甚至不知道，對一個一般女人而言，一件大衣的正常年限，或說可接受的年限是幾年。她悲劇性的表現非常打動我，我一直想寫篇關於有子紅大衣的文章，不知為了什麼沒寫成。

有子那時大約二十五、六歲，比我小兩、三歲，但是她是那種很快就非常老成的女人，加上比我早到法國，在對我的態度中，經常散發那種混合了指導與預言的神祕氣息，令我想到馬克白裡面的女巫，但她較不陰森。相反的，有子是美麗鎮定同時加上慘兮兮，像她那件好看卻不能引以為豪的紅大衣。有子不喜歡法國。光這一點，她就可以把大部分的人，當然尤其是法國人，都得罪了。

有子從年輕時就嚮往摩洛哥。她人生原本的計畫，是在北非的摩洛哥工作與生活。至於她要做的是什麼工作，不知為何，我今天已經忘記，大概是某種與官方文教有關的工作。那個職缺只接受會法語的人，至於阿拉伯語並不在考慮之列。為了實現她的夢想，會說阿拉伯話的日本人有子，不得不轉彎來學法文。但是到了法國，不知為什麼，她被一個音樂老師相中了她是彈風琴的料，有子因此每天坐火車到附近的小城學風琴。

星期天時，不太有宗教情懷的她，就在教堂裡面練風琴。她對法文抵制得更厲害了，學音樂，大概不需要太高深的法語。她時常在貼小招貼賣法文課本還有參考書，我總覺得那有一點洩憤的成分在。

其他的日本女學生對有子非常排斥。她們告訴我：「有子很複雜，她已經做過事了。不像我們。」日本女人要保持清純的需求異常地強烈，即使到了外國也如此，使我覺得，那帶有幾分強求的「智能不足」的意味。有子當然不會不知道。我們閒談，她告訴我：「法國人都勢利。附庸風雅。」我還在沉思，她又繼續說道：「不過，當我在日本時，我也是有錢人，我也非常勢利，並且附庸風雅。」

有子教給我的種種事情中，除了法國人如何膚淺與粗俗外，就是一個女人如何知道自己真正在戀愛的相關知識。「如果有一天，」她說道，「妳很早很早就從妳的睡夢中突然醒過來。比方說，平常妳都是早上六點鐘醒來的，忽然間，妳在清晨三點鐘或四點鐘就醒來，非常清醒，再也睡不著了，那就沒有錯了，那就代表妳戀愛了。」她加上一句：「但是我非常不喜歡這種情形，我喜歡睡覺。」

當我在南特時，這樣的情形我從來沒有過，我也一直都不注意。後來我到了巴黎，過了很長很長的歲月。有一天，真在夜裡三、四點鐘醒過來，毫無睡意，我馬上想起有子說的那番話，了解那是什麼。

我在床上躺著淚一下子流出來，在心中，對從未保持聯絡的有子說道：「有子，我知道了。」那距離有子告訴我這種「非常科學的」檢驗法，至少已有八、九年之久了。

像有子那樣的人，在南特比在巴黎容易遇到。

有子不喜歡法國，她在南特與一個德國學生戀愛。

4

李奧納多．科恩[2]在他的書《美麗失敗者》中有過一句話，我忘記是「你會一天比一天寂寞」或是，「他會一天比一天寂寞」。總之，有人會一天比一天寂寞。

我常常會想起這句話，想知道這是不是一句有憑有據的話。寂寞可以測量嗎？比如說，可以在「金氏紀錄」上找到「世界上最寂寞的人」這樣的紀錄保持人嗎？有可能向她／他挑戰，打破紀錄嗎？

我想起南特，常常會想加上一句，我一生中最寂寞的歲月。但我連對這都不太信任，總會發出一連串的疑問：

「真的嗎？」

「妳怎麼知道的？」

「是什麼讓妳可以這樣認為？」

那其實是段美好的時光，我交更多的朋友，快樂的片段也更多，如果要斬釘截鐵地說，那一段遭遇最能代表寂寞，我往往可以馬上舉出反證：

比如說，有比妳搬到雷恩市時在浴室滑倒，忽然知道妳如果爬不起來，沒有一個人會知道。而妳死了，屍體至少要六個月後才會被發現，妳連房東都沒有，仲介是惟一知道妳在這的人——而他們惟一有可能過來的原因，是六個月後的租約到期。

妳說妳在南特時最為寂寞，但有比跌在地上的那個時刻更寂寞嗎？

又比如說，有個夏天，妳不為什麼地跑去義大利，整夜整夜看拿玻里海上的漁船燈火，那時，覺得身體簡直是被挖空了，可以在上頭愛鑲什麼就鑲什麼——。

2 Leonard Cohen，加拿大作家、詩人與歌手。

在南特時，妳有寂寞到妳在拿玻里海邊這個地步過嗎？

然而，在這有幾分無聊的自問自答後，我會想到一個男人，然後我就會陷入無言的沉默，不再問自己問題。這個男人我只見過一次，我不知道他叫什麼名字，他在我的人生中不超過十分鐘。

那是中午午休的時間，在大學餐廳吃過飯，妳刻意地擺脫了當時感情不錯的幾個韓日學生，妳一定是非常非常焦慮以及不快樂，所以才會不在抽菸學生一向聚集的那幾處抽菸，跑到都被植物圍住的空地裡。其實那也不真的荒涼，也還在校園裡。只不過離教室遠些，一般人不會特別走到這。

抽菸。和許多外國學生一樣，妳是到外國才開始抽的，這當中有什麼大家都可以懂的東西，介於寂寞與無助間。

抽菸也有許多種：快樂地抽；享受地抽；社交性地抽；不抽人就會崩潰掉地抽；不抽就會想要傷害自己地那種抽——那一天，在種種可能性之中，是最嚴重最可怕的一種。到想要自己躲起來悶著抽。為什麼？也不為什麼。人生太痛苦？法文太難學？什麼都可以是原因，也都可以不是。

他出現時我吃了一驚。他跟我要菸，這很平常，我給他；又跟我要火，這也很常遇到，我給他。然後他問我：「妳好嗎？妳過得還好嗎？」這就很少見了——要菸的法國學生除了銘感五內的謝謝與「祝君一天愉快」外，不敢太多話的。

但他問，他真的想知道。他的人性令我發窘。我無從回答。但一定還是禮貌地說了：「我很好。謝謝你。」我沒有跟陌生人交心的習慣。

「我不是學生。我從南斯拉夫來的。妳好嗎？」

我沒有再多問什麼。「南斯拉夫」這四個字已經說得太多：戰爭，種族滅絕，家破人亡，流離失所。夠了。

除此之外，他漂亮。不是印象中黑髮黑眼的南歐人，不高，瘦小結實，金髮金寒毛，整個人刺刺渣渣，硬，而最硬的地方在他眼睛裡。相對於女性的光滑、柔軟，他是異族中的異族。

據說有些女人特別著迷於囚犯，倒不一定是對罪犯有興趣，而是被監禁過的人身上的性欲與常人不同。好像男人也有對寡婦特別偏愛的。寂寞就是牢獄。飢渴對某些人而言，是性交的重要元素。在他到我面前時，我從未思索這主題，那一刻，一切排山倒海。

他開始碰觸我。並非色欲與挑逗的碰，也並非不色欲與挑逗的碰。我要拒絕他的，但是我沒有。我辦不到。我就是辦不到。他繼續。

5

我是在到達南特第六個月的時候遇到Alex，我的小說人物。我們認識的第一個月裡，他一直要我幫他取個中文名字，我以為他的目的，不過為了占據我的注意力。

我們時常見面後，反而都不再提取名字這件事，其中一個原因，就是知道關係不長遠。有一個名字，就像有一個紀念物般，在未來只會徒增傷感。傷感的事我們都不做，我有菸，他有酒，我們是堂堂的現代人，誰比較有感情，就是誰比較有毛病。我們甚至一度非常嚴肅地約好「這當然絕不是、絕不是一個愛情關係」——你一句，我一句，言之鑿鑿。只差沒去公證，立誓絕不會愛上對方。

Alex。我決定叫他這個名字非常久了。他知道一定不會開心，因為曾經讓他敗得一塌塗地的他的情敵，就叫做Alex。但是我對你多麼好啊，連你情敵的名字我都記得住。你一共不過提起過一次，我懷疑你有多少朋友做得到像我這樣。我仍然疼他。

另外一個原因，就是我常想，如果不是害怕自己愛上另一個Alex，我是不是會和這個我叫他Alex的小說人物上床？那個Alex已經在小說中出現了，就是那個讀哲學的。記得嗎？他也曾問過自己是否會在小說中出現。

讀哲學的Alex是老師又是有婦之夫，我無論如何都不要愛他，道德顧慮還是另一回事，我一向討厭老師和有婦之夫，像某些人討厭猴子或是檸檬茶，那是一個人的原則問題。如果和Alex發生感情，那對我而言，形同對自己的雙重失貞，我寧死而不為。但是我愛Alex，可怕得無路可退。

我沒有告訴任何人的一件事就是，我想Alex也愛我。會沒有出事，我一直想，那都是跟後來的假Alex的出現有關。假Alex至少不是老師，也不是有婦之夫。

因為真的Alex是老師又是有婦之夫，我從不曾對人說過他。我最多就是說，他教了什麼，他說了什麼。假Alex是第一個毫不避諱指出事實的人：「妳非常喜歡他。那個讀哲學的。」

我回答道：「他結婚了。」

他彷彿沒聽到：「妳愛他。」

我回答道：「他結婚了。」

他再說：「但是妳愛他。」

「他結婚了。」我簡單地說。

6

「Alex！」在街上走著，有時我會忽然這樣大叫一聲，像叫狗一樣。

他也懂，像撒歡的狗一樣，他回叫：「AlexAlexAlex！」笑臉盈盈，拽我的手。

他躺在沙發上，因為愛而筋疲力盡。知道自己不夠愛他，我拿話安慰他、哄他。

我說：「皮卡丘好漂亮，你也好漂亮。」

他想了一下，說：「我比皮卡丘『更』漂亮。」

我順著他：「好吧，皮卡丘沒有你漂亮，你叫他怎麼辦呢？」

「叫他去洗一洗。」他說完，像個真正的孩子那樣痛快大笑。

我也禁不住笑了。

我很詫異，被此情此景的美感、被他一流的幸福感，感動得一塌糊塗。正常人被「我愛妳我永遠愛妳」這樣的話感動，陷入愛河；我愛上一個三十歲的男人，因為他要「叫皮卡丘去洗澡」——我完全不知道該怎麼辦。這最好不是愛。我不知道這算什麼。我只覺得我會萬劫不復。

我從沒相信過法國人浪漫這類說法。我有個台灣朋友每逢巴黎交通混亂時就會說：「法國亂漫。」我只有那時會笑著同意「浪漫說」。

我也有個朋友專交外國男友，美國人，義大利德法都有過，我從來沒好奇過，只偶爾會想，那不太實際，怎麼溝通呢？練英文當然是可以的——但連用中文戀愛時往往都難以溝通了，用外文戀愛，我覺得不可思議。我以為那只是貪玩的一種表現。

我認識Alex不久就對他說：「我沒有戀愛的計畫。」如果是有點手段的女孩子，這背後大概有個什麼謀略在，可是我只是著慌，覺得不能騙人感情，沒有計畫就是沒有計畫。那我的計畫是什麼呢？把法文學好。

「我不是在戀愛。」Alex臉色一沉正色道。

我一聽不是戀愛也放心了。

Alex最怕人說他戀愛。他說每一段感情開始的時候，他都會說「這不是戀愛這不是戀愛」。到了分手時，也是告訴自己「好險這不是戀愛」。不過是鴕鳥政策。我笑出來：「哇！所以你都沒談過戀愛。我竟然都是在跟一個處男做。」

7

當樹林裡的南斯拉夫男人出現的那一天，我跟Alex已經好了，至少在性欲上的滿足，不會是那一刻最強烈的原因。可是當他問我要不要跟他走時，我真的遲疑。

不管從什麼角度來看，與這樣一個男人野合都會是非常過癮的事。他代表了所有我拒絕與害怕的東西，與他做愛，就是與被我拋棄了的生命做愛。那會使我完整。這比成為真正的蕩婦還嚴重，我會變得大大自由。

比起眼前這個男人，Alex只是個空洞的洋娃娃。他在愛情上的痛苦與憂鬱，我其實非常看不起，像他這種白種男人，特別高興交亞洲女友，在想像中把自己當成和小野陽子結婚的約翰藍儂，但除此之外，對於地球上其他人的痛苦或犧牲，他完全不在乎的——。

好一點的白人會為對抗種族歧視而努力，Alex連這種都稱不上——他這一生如果有任何政治行動一定是出於誤會，再不然，反正他一定會搞砸事情。他這輩子都被他家庭保護得好好的，如果不是在愛情上還吃過一點苦，他甚至不好奇或思考任何別人的處境。有子對這樣的法國男人看得很多，她說：「他們都覺得我們的課業或人生是不重要的，只想要我們整天陪他們談戀愛。」

我很快就學會不拿我的法文問題問Alex。他一覺得自己有用，就會覺得自己不被愛，他是那種自私本能被保持得最好的族類，他說自己不會照顧人，那完全是真的——他的精力都被培養成要求別人來照顧他。他跟我說到他以前的女友，我覺得人家當然要離開他，沒有一個有頭腦的女人會要他做男朋友的。

我之所以能和Alex做愛，就因為我們不是命運共同體。我對Alex沒責任，他對我的感情只是自戀式的，如果有一天我出現在他的記憶裡，他絕不會尊重任何像是事實的東西，那一定是被調整過、改造過，換成有利他的自我的故事。

我們的關係是空的。他不是惡意的，他只是沒有能力。他為什麼要有能力呢？

樹林裡的男人也許也非善類，甚至可能是殺人狂。但就是殺人狂也比Alex好，這就是Alex永遠不會明白的地方。他永遠在沾沾自喜他屬於較被看好的男人，很少白種男人能拒絕這種自我陶醉，他們蔑視其他男人，並且知道因為他們的蔑視，他在擇偶上有較大的選擇權。他無論如何不能放棄這種優勢，因為即使他有那麼多優勢，他在情愛場上的多數時間依然是輸家。

但是我要為我的真實付出這麼高的代價嗎？那一刻，如果我跟那個樹林的男人走去，我等於承認我有多麼寂寞，我即使沒有付出我的生命，我也是以我的生命為賭注。從世俗的眼光來看，被殺人狂殺死的女人當然是不幸的；但自從我經歷過樹林中的男人，我對此產生了不同的看法：人生中的某些承認真實的行動，也許超過知識與生命，值得去要。換言之，值得去死。

樹林中的男人所以能象徵寂寞，是因為我了解了寂寞。他問我要不要跟他走，我短短的遲疑後搖頭說不。他按了按我的額頭，好像某種宗教儀式中的告別，就這樣溫柔地消失了。我沒有跟他走，並不是我理智，也不是我不好色，而是我還需要我的偽裝，使我繼續我的生存，至少，那是我當時的決定。至於那是種什麼生存，身在其中的我，在當時完全無法看出任何端倪。

第二部　結束前的開始

會面是離別的開始，再見就是人生的全部[3]。

——太宰治

3 扇谷正造，《受益無窮的一句話》，躍昇出版，一九八九。

1

根據阿嘉莎．克麗斯蒂的說法，謀殺總是開始於事件發生很久以前，距今遙遠。Michel de Certeau，一個很有意思的法國歷史學家則說：一個創作的開始早於它的作者。我比較喜歡這個說法，甚於羅蘭巴特的「作者已死」。對de Certeau來說，不是作者已死，而是作者尚未出生。但誰在乎我比較喜歡什麼呢？我又是「已死」又是「尚未出生」。

當我想到南特時，我的這個感觸總是特別深。在南特的我，是從哪裡開始的呢？南特，又是從哪裡開始的呢？奇怪的是，當我在巴黎時，我發現我很難想起南特。南特具有一種不易被想起的特性，這使得後來的我，對它更加懷念。

在巴黎的五年中，有一度我特別注意到南特，那還是因為晚間新聞。警方懷疑一個在南特落水的外國人，有可能是被謀殺的。因為他掉進去的那條河，是我過去時常凝望的河，這就使我覺得這件事，與我特別有關。我雖然一直注意著注意著，但這事究竟水落石出了沒有，我也還是跟丟了。

再有一次，我迷上了一個搞當代藝術好玩得不得了的傢伙，知道他住在南特，心中油然興起一股莫名的得意之感，想著：「這種人只有南特會出。」這樣的想法其實有幾分鄉下人的味道，會以自己的鄉里為榮，這對生在台北長在台北的我，是種陌生又新鮮的體驗。

我和在東京長大的日本人一樣，總覺得在南特的那些時光，是「我到了鄉下」的那幾年。但是我們把南特比做鄉下並沒有輕蔑的意思，最主要是我們認識的城市，都是高樓遍布的，到了南特，「這裡到處都看得到天空！難以想像！大部分的樓最高只到五層！不可思議！」記得我早年的家書曾經這樣驚嘆道。我到了鄉下！

「鄉下？」在巴黎，J糾正我道：「真正的鄉下什麼都沒有，晚上連燈都沒有，只有山羊和玉米。」我說不過他，他是真正的鄉下專家。

「燈？」我從來沒有想過這個問題，「你說的那個不是鄉下，是山裡吧？」

J搖頭笑嘆，他總是說「妳永遠不可能跟我去那種地方的，那裡什麼都沒有」。他從山裡來，我在心中抗議道：「怎麼會說什麼都沒有呢，不是有山羊和玉米嗎？」J就是我所謂的鄉下人之一，或者說我曾愛過的鄉下人之一。我曾經有過的一個最大的願望就是，有一天他會帶我去山裡看他家養的三隻小山羊。

南特不是鄉下也不是山裡，但對某些人來說，它差不多就是。Alex到了南特後，他的大部分朋友們都不要來看他，覺得要見面，Alex為什麼不回巴黎。從對南特的態度，可以看到各式各樣的法國人，帶著讚揚之情的人，要不是學養豐富，就是來自更小的城市，他們說到南特時，眼睛都會發亮；至於其他的，要他們來到南特，簡直就像被發配邊疆一樣。

在南特一個大家都討厭的法文老師，他看不起我們所有的外國學生，很大的原因，就是因為我們在南特而不是在巴黎。他對我們說道：「在法國，只有在巴黎才能找到真正的鄉下。其他地方的鄉下，都不能跟巴黎的鄉下相比。」

沒錯——這種神經病也是法國人，難怪我一半以上的外國同學，法文沒學完就開始仇法。

一個非常有名氣的法國藝術學者曾經說過：「把巴黎美術館的展覽水準與倫敦相比，你會發現倫敦簡直就像法國外省的水平。」這話還是白紙黑字印出來的。不知道百年之後，他的這番話，會被用來說明巴黎美術館的優越性或是法國人的目中無人。我說不知道，是真的不知道。

我轉述他這番話給我要好的法國同學小鬼聽，開玩笑道：「喂喂你們法國人這樣公然侮辱英國人呢。」他驚魂甫定了一會兒說道：「英國人？他先侮辱了法國所有的外省啊。」外省，只要不是巴黎的地方就叫外省。

我到巴黎後深切地了解到一件事，在南特能夠發生的事，在巴黎不會發生，地理環境比人能夠決定人的命運。我在南特的精神狀態是無法保持到巴黎的。

在南特發生的事，不會在巴黎發生。

在廣島發生的事，不會在馬倫巴發生。

在雅加達不會發生的事，在台北會發生。

但是南特究竟意味著什麼？

我愛南特。這又意味了什麼？

2

我到南特沒多久，就發現南特不名譽的過去。它是法國人早年用來販賣黑人為奴的港口，作家雨果的祖輩便是從事這一行的。

歐洲人愛貶抑美國人，總說他們歷史上出過蓄養黑奴的制度，暗示美國人落後，但在南特這種論調就不容易說出口，因為歐洲人自己雖未蓄奴卻從中大賺其錢，只要港口這樣的東西還存在，這樣的記憶不易消滅。

不過，就跟大部分歐洲集中營的舊址都風光明媚一樣，南特城罪孽的角色並沒有在它的自然景觀上留下任何痕跡。這是一座美麗的城。如果光憑想像，一定會想像它只發生過無數高貴、優雅的事蹟。

在當地販賣的一張明信片上，南特城在黑白照片的鳥瞰圖上，像極了用幾道水痕在沙上畫出的女性陰部：柔美、圓滑、唇的形狀有瓣的感覺，半開半啟。小小的建築物密密突起，像性的神經小手。

此地的河道多半保持原始面貌，沒有人工介入，河與岸交接的不明處，親水植物茂密如獅鬃馬尾任性生長，自然滿溢，隨風飄揚，我每每看到為之屏息，怦然心跳。

秋天時，滿林的枯枝在茫茫暮色中直挺挺，是我在台灣做小學生時，買信封信紙會挑上的美麗圖案：「多美啊！」我最要好的朋友日本人智子的男友學園藝，但是智子說：「那是我們亞洲人才會覺得美，法國人都只覺得我們怪異。他們對這些東西一點感覺都沒有。」

與法國人最難交流的確實是這一點，他們沒有我們歌詠自然風光的悠久傳統，當他們覺得一處優美時，意思多半是沒有礙眼的東西，沒有我們睹物思情感觸良多那一套。後來我都只有在跟亞洲人在一起時，才會停下來讚美風景，以免與我同走的法國友伴一肚子霧水地不知該不該容忍我的怪癖。

「妳覺得這美？」我記得他們狐疑與不知所措的表情。小鬼家旁邊就是大片森林，他認為「和祖父母在林中漫步」的童年記憶是「我很無聊」，就連看到狐狸也不能令他高興。他們不看月亮，真的。他們中世紀的祖先甚至害怕大自然。

大概也因河道不直，這條號稱全法國最美麗的河的水流總不平順，泛著光影的漩渦形狀，每過一陣就會轉變一個新的花樣出來。我站在這，覺得自己像文字尚未變出來前的遠古人類，偶然間以大自然為春宮深處，四面八方都是不請自來的催情物，如影隨形。

Alex老把我往附近山林海邊帶，其中一個原因，我想是因為他買了一本名為《南特及其附近城市健行指南》的書，要物盡其用。有次兩人還行過一處沼澤地，走著走著我鞋帶散落，他蹲下幫我重綁，我覺得這很怪，他好像一直以來都做慣這件事一樣，連問都不問我一聲。但我們之間奇怪的事太多，幾乎變成常態，我回報他的怪異的方法就是我也一樣怪，我連謝謝都不說。

在外頭時他就讓我知道他在想，回到屋裡我就很要他。那種性交不同於一般夜晚的性行為，做起來特別沒有拘束，彷彿不太是人類在做，而是自己身上的樹精水妖施展媚術，交纏不已。不為情、不為愛，只因此刻風要起、水要漲、果實要從高樹上劈里啪啦地落下。

3

法國的語言學校有較為貴族化與平民化兩種。我在台灣時，有朋友去上的就是貴族化的學校，付的錢多，學校對學生呵護得很厲害，我當時就覺得我不要去那種地方，那就像溫室一樣，去只是去被保護。像後來我聽個駐外記者說的，有些歐美人到了伊拉克，都只待在最安全的使館區裡，對於出了安全區的伊拉克全無接觸。對伊拉克的看法只能說是使館派。

不管有錢沒錢，我都喜歡坐窮人坐的大巴士旅遊，一趟坐下來，長許多見識。我是作家，我們的想法，與一般人或許真的不同。我雖然以為自己不為寫小說犧牲人生的任何幸福，但不知不覺中，我在人生中做的抉擇，似乎總是會回到「我是作家」的這個原點上。

據說非常自覺的鋼琴家如顧爾德，會本能地避開球類，不讓手指受傷。我對寫作做出的最大犧牲，大概就是自願地不做任何會摔斷手臂的運動。摔斷腿我倒是不計較，斷腿對寫作沒有直接的妨礙。

我有一次手臂骨折的經驗，那段時間裡，慣用右手的我，不得不以左手單手打完當時在寫的小說——那是我寫得最好的一部小說。寫作最大的問題是妳不能等，妳永遠不能等到沒感冒時去打噴嚏，等待一定會使妳失去些什麼——。受傷是難以忍受的困擾。

南特語言課的學生可以大分為三類。第一類打算在法國進正式學校，但是法語程度不夠，先到此加強。說起來這真是勇氣可嘉，我們從國中就開始學英文，大學畢業留美也依然會有種種適應不良的問題。帶著從師大法語中心每星期幾小時的法語會話就來到法國，許多人聽了都說真膽大。我對此的回答則是：「那時根本不知道這大膽，要是知道有多大膽，就不會出發了。」

第一個星期的法文課，我的一個日本同學良子在下課時哭了起來，我們問她為什麼，她說，同住的房東太太法語說得多麼好啊。我們都不禁失笑：「良子，妳房東太太是法國人啊。」

但是只有做過這種「旅行異鄉啞了口的外國人」[4]才能明白——我們雖然笑良子，但其實我們也很想像良子一樣痛哭。——我們不是到了外國的外國人，我們首先是有口有耳的聾啞人。聾啞的感覺包括：也許我永遠會這樣。

第二類的學生，以結伴的日本年輕女學生居多，她們學法文與逛街並無大異，像良子那麼在乎的是少數，所以落單的良子才會跟我們其他人走得特別近。遊玩型的學生只是在觀光項目中多加了語言學習一項，她們的心情最輕鬆，對人最友善，週末她們飛到法國各處遊覽。

與她們交往很舒服，很少聽到她們的生活有什麼大問題。她們不會吃到太多苦，和她們出遊或聊天，多半會誤以為自己的人生也很愜意。當然，在這種女學生之中，偶爾也有例外的，比如優美子。

優美子曾義正詞嚴地在課堂上這麼說道：「如果我不時時刻刻提高自己的品質，成為高品質的人，我將來，就會沒有機會碰到高品質的人，與高品質的人結婚組成家庭，所以說我要認真學習，否則將來遇不到高品質的人，就後悔莫及了。」——聽了真是令人對她充滿挑戰、岌岌可危的人生為之顫慄。我到巴黎後，有次在路上偶遇優美子，她顯得十分憂鬱與焦慮，我不禁想：優美子大概還沒遇到夠高品質的人吧。

第三類學生，恰巧與第一類相反，他們是有長住法國打算的。這包括了來自其他國家的配偶或者是來依親的孤兒。他們的日常會話往往比剛到法國的學生好非常多，這種給外國人上的法文課對他們不是問題，他們的問題是，難以打入既有的法國人社群中——對外國學生而言，有家有眷的他們不是外國人，對法國人來說，才來法國一兩年的他們，也不算是法國人——他們，有他們的寂寞。

也有異國戀情離異產下的小孩，在我班上就有兩個。米蘭娜是才十九歲的保加利亞人，清麗的她總給人有些站不穩的感覺。當時只覺得那樣子楚楚可憐，現在想來，不知那是不是因為她也緊張——畢竟到了異國，雖說再怎麼樣

---

4 語出蘇偉貞的《沉默之島》。

也還在歐洲。她是因為保加利亞籍的母親去世，才來法國投奔她的父親的。她打算讀生物學並發明治療癌症的藥物。她的憂愁是孤兒的憂愁。

至於同齡的泰國女孩安，她倒不完全是因為母親去世才來的，還因為「我在泰國能做什麼？什麼也不能做！沒有前途」。安生下來時父親已經回到法國了，不知道在泰國社會中，她是否被視為沒有身分的私生女。她雖然是法泰混血，但外型看不出，只會被當成「不是高品質的外國人」。她有最大的機會碰到種族歧視，安是少數我聽過，一個月就在南特的電車上被查了兩次票的人。

當然這不見得只因為種族歧視，她是有些不良少的，她也確實沒買票——不買票的原因是叛逆不是沒錢。安青梅竹馬的女朋友仍然留在泰國。遇到她們在越洋電話中吵了架，據這個小拉拉說，她就整天關在房間裡邊聽音樂，邊哭，沒有課的時候可以哭一整天。安雖然在此也不斷交新的女朋友，但總宣稱在泰國的那個，才是她永遠的最愛。

要跟一個從沒見過面的父親生活在一起，想必不太容易。尤其不知道她父親把她當兒子還是女兒養，如果是後者，我想安一定非常不樂意。她很用功，有時有些蠻橫。她在我住處看到同性戀雜誌的贈品，問都不問就拿了說：「這個給我。」那年，是同性戀權利值得紀念的一年。帕克斯[5]在法國通過了。

我才是南特人。我忽然有些明白，我在南特所經歷的，已經深深地在我血液某處跳動，會一直伴隨我，到我老死；南特的回憶無法比擬。因為喪失完整的語言能力，那是我最不被思想支配的歲月：我的一切都在混沌中，只有南特是清晰的。只有南特。

「我們是不是會被寫進小說裡呢？」——當我第一次聽到這句話時，我不把它當一回事。在當時，那不過是些日常小事罷了。我正在寫一部以同性戀為主角的小說，南特是個適當的地方，因為故事不在那發生，故事發生在台灣。我不只是作家，還是以同性戀為主題的作家。——這不是對任何人都說得出口的人生。

---

5 Le Pacte civil de solidarité，簡稱為 Pacs——《共同生活契約》——無涉性取向的共同生活契約，在法國被視為同性戀戀人獲得初步保障的立法，在施行上無論異性戀或同性戀皆可簽署。

這就是一天比一天寂寞。

——我小時候有次看過拆房子，房子首先是一點一點坐矮下去，速率很平均，進行很緩慢。然後忽然就變成等比級數那樣的變化，最後什麼東西被抽走了，整個建築轟然一聲就此消失，只見平地。

一天比一天寂寞，那是拆房子的前半段或後半段呢？

4

在南特，我首先發現人的存在。

這話或許要讓人大惑不解，那之前呢？之前人是不存在，或是不被妳發現呢？在來到南特前，我也曾到過不同國家旅行，旅途中也常遇到令人印象深刻的人，但是這都和我在南特時的經驗不一樣。

很久很久以後，我在電視上看到過一個介紹科學新知的影片，裡頭說到人的能力總和通常是固定的，如果你不減少某些能力，你就不能增加某些能力。所以，如果你要使你的左手靈活，訓練你的左手並不會有太大的用處，真正要做的，是把你的右手綁起來不讓它活動，那麼你的左手的能力，轉眼就能突飛猛進。

這個理論被廣泛地運用在醫學復健上，據說成效非常好，除了肌肉控制的能力外，對其他方面的學習，也有幫助。這個理論很可以說明，為什麼人的外語能力到了外國很快就可以進步，原因並不像大家想的，是因為一下子可以有很多說外語的機會；相反的，關鍵性的一點，是你被剝奪，或說你自己也有意識地剝奪了你說母語的機會——。剝奪會產生刺激，所以剝奪為學習之母。

我覺得我本能地知道這件事。到南特的第一年，就是我「把右手綁起來」的那一年。我一共只帶了一本中文書出去，那是張愛玲的《紅樓夢魘》。事實上，我覺得自己是像普羅米修斯一般，綁起來的不只是右手，而是把所有可以綁的地方都綁起來了。

如果我再次抵達一個陌生的城市，我一定不會像我在南特一樣，再把自己綁得那麼厲害，那是危險的。就像湯瑪斯．曼[6]說的，流亡往往會使一個人的核心喪失，導致心靈的崩潰。不過，我一定再也不會像我在南特時，那麼脆弱、那麼無依——換言之，那麼敏銳，與開放。我在南特發現活在語言之外的人類。之所以會這樣，是因為人們說的話有一半我是聽不懂的，但他們對我來說還是人類，一種我無法以語言記憶、描述與接近的人類——像嬰兒曾經歷的人類。

換言之，綁起來並非一無所獲，「把自己綁起來」永遠是值得的。

抵達南特沒多久，住過幾天青年旅館後，我搬進了大學城。那是一個非常宜人的住所，唯一的不便是廚房得公用，本來我並不會不喜歡這種環保與公社的精神的，但我有個怪毛病，我怕別人看我煮菜。

為什麼？我很難說得上來。我有一個模糊的理論：因為我和我母親的關係很壞，所以我從來沒從我母親那裡，學過任何與烹飪有關的常識或方法，所有這方面的能力，我都是靠自己摸索的。

當時我認為，任何一個與母親關係好的女孩一定看得出來：「妳媽媽從來沒教過妳嗎？妳沒有媽媽嗎？」——如果細考為什麼我和我媽媽關係不好，不免要想到我小時候被我父親非禮的事。我擔心一個觀察力敏銳的人，可以從我笨拙的廚藝，推測到我從小就沒有了的貞潔。恐懼都是非理性的。我對於自己

---

6 Thomas Mann（1875-1955），德國作家。曾因拒絕效忠納粹政府而流亡海外。

沒有實質上的母親——一個在小孩被非禮時會挺身而出的母親，一直感到痛不欲生的羞恥。這使我不敢在人面前煮菜。

在大學城的廚房中的時光是可怕的，廚房中一出現另一人，我就會將東西收了，落荒而逃。廚房設了六到十個爐灶，意思是，在人潮最高的時候，至少會有九個人有機會對你的煎鍋說三道四——沒有靈活的語言加以偽裝，我一定會在眾人的眼光下崩潰的。我最多只能鎮靜地使用烤箱。總不能老是吃罐頭吧？但除了這，大學城充滿了快樂溫暖的回憶。我認識了瑪莉（Marie）。

那一天，我在地下室的交誼廳看電視，看的是推理劇場這一類的東西。瑪莉匆匆進了來，拜託我給她一點前情提要好使她可以跟上劇情，我吃了一驚，使盡我所有的力氣，把我看懂的劇情全說了出來。

——我實在太吃驚了，瑪莉是我碰到第一個完全不把我當外國人的法國人。在當時，我所碰到的每個人，都可以從我的外觀、口音與吃力的法語，知道我不是法國人，我不知道瑪莉是怎麼回事。她完全地接受了我。她信任我。

每個抱著要到國外把外語學好的人，都會想要多跟外國人說話，好練習會話。但是真到了國外，馬上就會發現事情沒那麼單純。妳首先會發現，在不斷說外語的過程裡，妳累得不像話；其次比話說得多還令妳緊張的，是妳常常未必知道說什麼好。像瑪莉那樣的人，我一共遇到過兩個。另一個是J。

我抵達南特的前六個月，我每晚都是一碰床就睡著，比什麼都需要睡眠，因為那是唯一可以不說話的地方。

大約是我在法國六、七年後，基於對我早年生活的鄉愁，我翻出舊日的法語讀本。上面都有些什麼例句呢？

空氣的組成分子是什麼？

文化這個字的定義是什麼？

太空中究竟有多少星辰？

人性的未來是什麼？

你相信上帝的存在嗎？

作為語言教材，它並不是編得不好，但是這裡沒有一句，是妳可以在妳第一次遇見人說的話，我看了哈哈大笑——我終於有了幽默感，但在第一年，我是絕對、絕對笑不出來的。

妳在那時無話可說，因為妳在那裡還沒有生活，還沒有故事，還沒有歷史，這其實是比純粹的語文能力，更能決定一個人說不說話的原因。然而那時我並不知道。我不知道。

5

我站在大學城樓梯的下方往上躊躇，那是我搬進大學城的第一天。我雖然沒有擺出羅丹雕像沉思者的姿態，但所有經過的人都知道我沉思得很厲害。大學城沒有電梯，要將我最大的行李箱扛上五樓，對任何人來說都很困難。我忘了為什麼兩個人扛也不是辦法，也許樓梯上不好走。

我和經過的女孩子打聽有沒有解決的辦法，得到的回答都是輕鬆又風趣的：「交個超級強壯的男朋友吧！」我嘀咕道：「男人也未必強壯到這個地步啊。」——她們不都在強壯之上加上超級二字？可見一般的男人也做不到。我決定還是靠自己。

解決的方法也不複雜，首先我把行李裡的東西分次搬空，使行李箱的重量是我唯一要負擔的重量；接著我又想到小學時就學過的槓桿原理，那些力臂之類的東西——大行李箱之所以難以克服，就在於我只能利用自己的手臂做力臂，我將一條毛巾穿過了行李箱的把手處，增加它的力臂，行李箱很容易就被我扛起來了。

我在爬五層樓的樓梯時，全程保持優雅愉快的笑容，接受每個經過的人佩服與讚嘆的眼光。那是我到南特第一個月時所做下的壯舉，我對這個經驗非常非常珍惜，它標誌了我有多麼寶貝我的獨立性——我相信在任何時刻，我都可以靠自己。我絕不把男人放在工具性的位置上，這並不是否定他們，而是真平等——可以解決問題的永遠不是性別，而是自己的頭腦，此後我遇到困境，我都會想起這件往事。

我在大學城只住了一個月，一方面是它在八月要整修，整整關閉一個月；二來是我的廚房恐懼，因為我在大學城認識愈來愈多人而大大升高，我不覺得我在短期內，能克服這種焦慮，尋找另一個住處的需要迫在眉睫。

我在南特萊德河畔的一間公寓住了整整一年，那可以說是我在南特最正式與長期的住所。但是在這間公寓與大學城之間的一個月，我還住過另一個地方。

現在回想起來，那個「中間的房子」並不是那麼令人不愉快。我之所以決定搬離那，主要是因為房東違背了當初的承諾。後來我在法國久了，知道這是他們為了逃避稅金的某種私了行為，事屬常見，而且並不針對我。但是對於剛到法國的我，我認為任何這一類的行為都對我欠缺保障。一知道房東有到了我搬進來，才透露想改條件的這種作風，我馬上就決定，再難，我也要搬離這地方。

我搬進去的前一天，我見到在我之前的女房客，這個哥倫比亞女生的法文講得很不錯了，她警告我：「法國人都是大禿夫。大禿夫。」

「大禿夫？這是什麼意思？」

「啊，妳不知道大禿夫是什麼意思？」

外國學生也分很多等的，彼時我還在最下層。幾經周折我才搞懂，大禿夫（Tartuffe）是莫里哀[7]劇中的主角。「法國人是大禿夫」的意思就是法國人都是偽君子之意。

因為尋找新房子的緣故，我又認識了卡羅（Carole）。卡羅是河畔公寓的其中一個房客，她剛得到一個好消息，因為通過師資考試，她要前往法國南部任教。所以她貼出小廣告，尋找接替她的房客。我是在大學看板上看到的。

卡羅是還未上任的法文老師，我問她願不願意做我的法文家教，卡羅爽快地答應了，在我搬進卡羅住的那間房間之前，我每星期到她住處兩次，讓她教我法文。

我對卡羅有種很複雜的感情。一方面我很喜歡她的活潑友善；另方面，她對我來說，又是那種會讓我神傷的「未被充分保護」的女孩。我不喜歡她，是不喜歡自己身上的這部分。卡羅被她姐夫非禮。她的情況非常特殊，她的父母都對教育非常熱心，除了是教育世家外，還領養了一個在北韓出生的女孩，是卡羅的妹妹。非禮她的姐夫也是教育人員。

卡羅曾勸我不要到巴黎過，其中一個原因就是巴黎就這方面來說，是最糟的，但我很幸運，我在巴黎雖然被搶過兩次，但在性上面被偷搶的狀況，碰到的都是捷運或超市中的罪犯，在心靈上受到的傷害可以說不算巨大。

卡羅的父親是督學，曾經為這一類事出面保護過學生，但卻保護不了自己的女兒。這就是我說的，卡羅沒被充分保護的意思。卡羅和她父親最好，她至少有她父母親，我有什麼？但是我有我。

卡羅告訴我，她曾經親眼見過，法國小學生追著她妹妹打，要她妹妹滾回「中國」去。卡羅雖然曾挺身保護她妹妹，但對妹妹的表現如此不西方，仍然不無遺憾。卡羅把她的韓國妹妹和另一個被收養的巴西女孩做比較：「我妹被欺負的時候都不會反擊，她不是忍受就是哭。不像愛娃（Eva），她越被欺負越強悍。愛娃一點都不怕人家笑她，說到自己的出身都很驕傲。」

給一個生活在法國社會的小孩一張韓國地圖，每個月讓她與其他被領養的韓國小孩見面「保留她的起源」，這樣就期待她能記得並以她的文化為榮——對我來說，有著這樣行為的法國人，才是十分不可思議的。

---

7 Molière（1622-1673），法國演員與劇作家。*Tartuffe* 是他著名劇作之一，這個名字被當成偽君子的同義詞。

卡羅十分受抑制，我覺得她很像某些法共[8]的子女，一方面他們的教養最好，對人最關心，處事最穩重；另方面你／妳就是會覺得他們被剝奪了些什麼，雖然那是一般我們標籤為負面的東西，比如自私或驕縱。——他們很少有會讓妳／你難過的行為，但妳／你不自禁會為他們難過。他們總是太有良心了一點。

卡羅邀我一起到海邊旅行。我後來差點發了瘋。

那是我遇到Alex四個月前。

8 法國共產黨。Le Parti Communiste Français（PCF）成立於一九二〇年，為一合法政黨。

6

決定我會來到法國南特的一個關鍵人物，是一個耳鼻喉醫生，他自己對於他在我人生中扮演的角色完全一無所知。很可惜我已經不記得他的名字。我雖然不用在小說中連名帶姓地說到他，但對於影響自己那麼大的人，我們卻記不得他的名字，可以說有幾分失敬吧。

我現在只記得他是一個戴眼鏡的年輕醫生，他的作法算不算一種失職，我不知道，事到如今，我也不在乎了。我是因為耳鳴就診的。他告訴我必須做切片檢查，我不疑有他，按時赴約。

檢查是怎麼進行的，我已經不記得了，只記得我有躺在床上，還有醫院到處白白的一個印象。切片切片，顧名思義，就是在我身上切下一片來。有個細節必須先提一下，那就是檢查時我把眼鏡拿了下來，所以這中間醫生護士拿的文書表格，我都沒有看——也沒想到要看。表格就是表格，有什麼好看的呢？

回到家後，雅蓉告訴我，有件事，她想最好還是讓我知道。柯雅蓉是我當時的伴。她在醫院看到檢查項目上醫生填的字樣，是癌症的檢查。連癌症的名稱都有了。我呆了呆，打起精神來說：「耳鳴誰會熱心想治好我呢？如果這下得的是癌症，我一定可以成為醫學研究的重鎮。現在研究我可以得諾貝爾獎了。」

但是雅蓉哭個不停，我開玩笑道：「如果真的得了癌症，就抗癌囉，也許可以靠我來斂財也不一定。」其實我心裡未嘗不難過的。

雅蓉卻開始如淒如訴地說，這種癌連化療也不能做，又把這種癌的末期是多麼痛苦可怕大大地說了一番——雅蓉就是這樣，她害怕起來就只想到她自己，從頭到尾，彷彿有了麻煩的是她不是我，我人不舒服，本來只是受驚的，現在整個人都虛脫了。——這下才想到醫生那時還把實習醫生叫進來，兩人邊看邊確認「看到了沒」「看到了沒」——我那時還以為他們在看我的扁桃腺咧。

我的扁桃腺天生有點特別。

之後我們做了件愚蠢的事，就是馬上去和信癌症中心掛號，想「及早發現，及早治療」——前一個切片結果還沒出來，但我們想，如果兩家的結果一樣，就可以立刻抗癌開跑吧。這就叫爭取時間嘛。

醫生聽了我的解釋，先是說道：「喔——妳那醫生是我學弟。」又道：「不錯啊妳又多了一個寫作的題材！」——我當然又犯嘀咕了：小說是小說，我的人生是我的人生，我才不要寫呢，我如果生了那麼大個病，我可要趕緊享受享受人生（至於做什麼享受享受人生，我還沒時間想）。

接著他才笑著跟我解釋，不可能那麼快做第二次切片檢查：「妳上一次切片的傷口都還沒復原呢。」喔原來這樣，連這種常識都沒有，真是丟人。——那年我二十幾？連我祖母都還沒得癌症呢。

我跟護士填寫相關資料時，護士問我祖籍，我答：「福建福州。」

雅蓉不可置信，當下出面干預：「福州？不是台北嗎？填台北才對吧。妳不是一向都填台北嗎？」

我不想當護士面解釋太多：「請填福建福州。」我有可能快要死了，難道還不能決定自己的籍貫要怎麼填？雅蓉仍不肯善罷干休，總之很是折騰了一番。

我對雅蓉很憤怒，她如果想知道原因，大可事後問我，為什麼要在外人面前這樣，彷彿我會不知道自己在做什麼。我的原因很簡單，在兩次檢查中間，敏於求知的我，看了介紹癌症的書，這個癌症好發於福州人身上（我發現時很驚訝），雖然我不知道這個資訊有什麼用，但我相信告知醫院我是福州人，在這種狀況下，是比較合宜的（我真的有一半福州血統）。當然跟賣台更沒有關係了，我都要死了，這還重要嗎？

很多年後，我在巴黎看了一部電影叫做《剩下的時間》[9]，電影很不錯。我看完後和朋友笑道：「大家都以為如果一個人快死了會有什麼特別，會得到什麼關懷，現實根本不是這樣——毫不體貼的人，只會變得更不體貼——碰到時，簡直不敢相信。」

我曾到過兒童癌症病房探訪，病童是才六、七歲非常可愛的女孩，但是很明顯的，她媽媽已經非常不耐煩她了。為了留在遊戲室裡吃給她女兒的蛋糕，這個媽媽就已經懶得帶她回房打針，反而是小孩哭著求媽媽說時間到了，時間到了，但是她媽媽也不動，等護士又急又氣找來時，做媽媽的還把責任往女兒身上推得一乾二淨。

我陪著回到病房，做媽的跟我聊天，訴說她的苦悶。她覺得她才是最大的受害者，養一個很可能活不大的小孩，真是虧大了。雅蓉那時給我的感覺也像這樣，她虧大了。

9 *Le temps qui reste*（2004），導演為François Ozon。

7

雅蓉後來解釋她的暴躁，她說，覺得我的表現可怕極了，好像打算落葉歸根那樣，視死如歸。但是我應該不視死如歸嗎？我們難道能否認，我們遲早會死的這個事實？如果說那時就是我最後的日子，雅蓉能跟我過嗎？拿什麼過？像個苦主一樣哭哭啼啼嗎？

檢查報告出來，我並沒有得到癌症，那也不過就是這一次。我問醫生不會錯嗎，他說切片說沒有就是沒有。但是他一開始看到那，幾乎是很明顯的，「我們很少看到那麼明顯的症狀──我都幾乎要確定了。」他一副其詞有憾的樣子，讓我覺得好笑，他完全不知道這個烏龍多震撼我，使我直到遠走異國。

如果我在那個年齡死去，雖然我會覺得有點可惜，但絕不會太悲慟。因為我覺得，我一直很認真，甚至比任何我認識的人都認真面對我的生命，如果它短，它也短得不錯，並不會因為它的長度而損失它的價值。但是雅蓉並不那麼想，她的反應彷彿因為我這個人會死，我就全沒了。連帶的，使站在生與死的可疑交界處的我，也變得一點都不有趣。

癌症並不是死。抗癌的人除了努力延續生命外，生命一定也有些別的東西。但是這件事暴露出雅蓉和我感情的阿基里斯腱，使我加倍地思考死亡。除了我自己將迎面來到的死亡外，雅蓉和我沒有交集點的這個事實，使我對死亡的感覺更尖銳：我會死在一個一點都不了解我的人身邊了。

這個想法比「我會死」，更令我悲哀。

我剛認識Alex時，他說：「如果在這世上，沒有一個人了解我，我會覺得非常空虛與悲哀。」

我彷彿聽到另一個自己在說話。但是我只淡漠地回答道：「人跟人之間，根本沒有了解啊，最多只是誤解而已。」「妳這樣想？」他問我。「是啊。這就是我喜歡你的地方，你其實一點都不了解我，但是你一樣對我好。這就好了。」

「我是真的一點都不了解妳。」他道。

我被和雅蓉的關係影響太深，沒辦法有比較跳脫經驗的想法，但在我後來的人生裡，我明白到，那是存在的——就像愛是存在的，但不一定碰得到，儘管如此，如果在一開始就熄掉愛的探測燈，就真會只擁有深海的永夜了。

雅蓉和我成為「男女朋友」是我二十歲那年的事。我在那不久，拿了一本偵探小說給雅蓉看，還是三毛主編的遠景版本，書名叫做《此夜綿綿》[10]，後來在新版被改成《無盡的夜》。

我一直比較喜歡「此夜綿綿」這個名字，因為想到「此恨綿綿無盡期」，小說中有詩句「有人生來甜蜜歡暢，有人生來此夜綿綿」。在小說裡，夜是犯罪者的陰霾也是犯罪者的悔恨：痛苦很纏綿。

這是阿嘉莎最好的作品之一，故事中，女主角愛麗知道男主角是來謀財害命的，仍然愛他並死在他手中。男主角一直以為他詐騙成功，直到有天想起女主角生前與他的對話，他忽然懂了她對他要殺她一事是知道的。他並不是他想像的那個狠角色——他才是被騙的，而騙他的人是基於愛。我給雅蓉書時跟她道：「妳該看看這本書，書中有個人物的個性跟妳很像。」

雅蓉有同感，並不覺得我在誹謗她。她確實與小說中的男主角一樣，有著殘忍、無情、自私——最重要是因為貪婪而能夠不擇手段的性格——但在掠奪之後，又能夠良心發現與為愛受苦。這樣複雜的人應該覺得自己很獨特吧？偏不。雅蓉最深的恐懼，就是她不特別。

毫無疑問，每個人都特別，但是每個人對這件事感覺的方式不同。有些人屬於輕輕鬆鬆就知道自己獨一無二的人；有些人則有很大的困難。雅蓉曾說，她對我最感謝的一件事就是，我告訴她，聚會時沒有想說的話，可以不說話——有人是真的不知道這樣簡單的道理——雅蓉，像《死靈魂》[11]中自稱可以用一隻手就抓住在奔跑的兔子的那位老兄，常惹出不必要的麻煩。雅蓉不可信任。我一直對此有種雙重思考，一方面我非常警覺，覺得我跟她的日子中，是「我

10 *Endless Night*（1967）。

11 果戈里（Gogol）的小說。

的精神住進了狗屋」，我夢到這種劣等感時還會哭醒過來；另方面我又幾乎完全不憤怒，同情地知道雅蓉別無選擇，就像一首日本的流行歌曲曲名一樣，雅蓉的病態，對她而言，只是，「這是我的生存之道」。

我並不像偵探小說中的愛麗一樣，生來擁有會被覬覦的萬貫家財。但是當我檢視我的生命在雅蓉進入六年後的改變，我看見我在心靈生活上的優渥狀況完全被搗毀了。如果不是意外面對我的死亡，我本來會像個史懷哲或德蕾莎修女一樣，一面對雅蓉奉獻，一面想「她要是也有肉吃的話，就不會是今天這種討人厭的個性」[12]。但是對死神的驚鴻一瞥改變了我，我準備去南特。一個人。

12 據說諾貝爾和平獎得主史懷哲在年輕時與人競技，對手告訴他，如果自己像他一樣有肉吃，比賽不會輸他。史懷哲的人道覺悟與此有關。

8

所以囉，與一般躊躇滿志或意氣風發出國的學生是不同的，我並不是從台灣飛到法國的，從某種意義上來說，我是從一個死亡的等候室遷入南特的。我在南特的醫院，又做了一次健康檢查，那是辦理學生居留的例行檢查。每當醫生一微笑，我都會想：他該不是又發現我有什麼「明顯的徵象」，才對我那麼好吧？——其實我們只量了體重身高和視力而已。

在異鄉的第一個月幾乎每天都是冒險，我發現了晚上九點鐘還不落下的太陽，還有晚上七點鐘所有商店都關門大吉的「城市」。我的玻利維亞同學告訴我她的故鄉沒有四個季節，我的俄國同學不只不知道杜斯妥也夫斯基，還把「神奇寶貝」皮卡丘與HELLO KITTY當作是同一號角色——我搶在日本同學之前就對他發難了。

我仍然搞不清楚大部分東西的陰陽性，最熱心與妳會話的法國人沒有多久就會要學中文的「我愛妳」，並且變成追求者。我在之前，從沒看過那麼多寂寞的人，這裡的寂寞是因為人太少，連碰都碰不到。有次我在麥當勞請問一個法國老太太法文，她馬上不顧我的意願地打電話把她兒子叫來——瑪莉雖然是南特人，但我們認識不久，她就上巴黎去準備考試了。但她寫給我畫著小花和小星星的女孩間的可愛信件。

我唯一比較像是人際關係的關係就是卡羅了。她吹薩克斯風，邀我到市郊的一個別墅參加小型的家庭音樂晚會。主人是阿爾及利亞裔的法國人，他彈鋼琴與卡羅合奏。去之前我不好意思打聽吃不吃晚飯，但是頗有先見之明地先吃了一些麵包。音樂會一直到晚上九點多，所以想來是要在此吃晚餐了。但是到了晚上十一點，主人才開始讓我們傳送配開胃酒的小點心。

我自從開始說法語，肚子就特別容易餓。這時無論如何一定要吃到晚餐才肯走了。十一點過後席開上來，驚人的豐盛，驚人的美味，光是冰淇淋就有好多盤，使我畢生都對阿爾及利亞人充滿好感。受邀的多半是學生，男女皆有俊彥的味道，和保守的老先生不像一夥，但是他們都很愉快地應付老先生的反動言談，我推測那是因為大家知道後面有這一餐，都是來補充營養的。

吃歸吃，坐了老遠公車到此的我還是不放心，找到機會就問卡羅回程交通問題。卡羅不但不回答我，還把我的擔憂當成趣味的事說給大家聽。雖然說，後來是妥妥當當地被人用車子載了回家，但是最怕迷路的我，氣得立誓絕不願再了解晚上六點之後的法國文化。

除了住的旅社依山傍海，只賣我當時不敢吃的乳酪可麗餅，因而使我幾乎節食了三天外，我和卡羅的海邊遊，還算愉快。發生事情是在最後一天的早餐桌上，我問卡羅是否打算觀賞當時熱門的全日蝕。我的法文還不夠讀報紙，但是上面的圖片常看到，我想和卡羅打聽一下，圖片上為什麼大家都戴著眼鏡。卡羅為此發了飆。

原來卡羅從小經常為眼疾開刀，她的終身之患就是失明。因為某種特殊的病因，她的醫生不能確定她是不是可以永遠擁有視力。所以卡羅原本是聽到眼睛、眼鏡之類的字眼就會心煩意亂的，我還要問她什麼眼鏡不眼鏡，用的還是結巴破碎的法文，她一下就崩潰爆發了。如果我的法文有點程度，當然就能疏通她的情緒或是解釋自己的立場，但在那時，我啞口無言。

我雖然說不上話，但她最後一番話，我卻又完完全全聽懂了：「那一天我才不要去看什麼日全蝕，他們不怕瞎掉，我可怕得要死。那一天一到，我要把所有的窗戶窗簾緊緊拉上，躲在棉被裡，不讓一絲光線跑進來。」聽起來像科幻小說的死光束一般，照到殞命。

事情竟如此恐怖？如果說的是我自己的母語，我一定可以判斷卡羅的話，有多大的成分是情緒化，多大的成分是實情。卡羅是我截至目前遇到最通情達理的法國人，她的災異情緒完全感染了我。語言學校此刻是停課狀態，大學城又關閉了，房東對我不老實，我什麼人都不認識。

我難道會因為音訊不通，而在法國糊里糊塗喪失雙眼嗎？剛從死神手中逃過一劫的我，難道會以如此倒楣的方式成為科學奇觀的犧牲者？癌症的陰影可以罩過年輕如我的生命，這世上有什麼是不可能的？

有幾個旅行中的亞洲人，不知道事情的嚴重性，言語不通的他們沒有接到通知，就在瞬間喪失了視力等等，等等。

我後來把整件事，當成我神經質的笑談，寫在給雅蓉的信上，寫我如何在那日一到就跳起來關窗關門，蒙在棉被裡泣不成聲。但我自己心裡很清楚，我在那一日其實短暫地瘋掉了。

那時可不比現在，上網查不就是了。怕什麼。但我想那日就算我手上握有各國語言的科學證明保證我不會瞎掉，我恐怕還是會有一模一樣的原始人反應。因為我是外國人，我來自非常遙遠的地方，科學也許不適用在我身上。

第三部　兩者之間

不管人間的城邦是大是小，我是要同樣地加以敘述的。因為先前強大的城邦，現在它們有許多都變得沒沒無聞了；而在我的時代雄強的城邦，在往昔卻又是弱小的。這兩者我之所以都要加以論述，是因為我相信，人間的幸福是絕不會長久停留在一個地方的。

——希羅多德，《歷史》[13]

13　台灣商務出版。王以鑄譯文。

1

Alex，據他自己的說法，他長得「又高大又英俊」。那也許不光光是為了惹我笑而說的，他有時大概真這麼想。

我們第二次見面時，我在言談之間用到法國慣用語「他美得像神一般」，他馬上臉刷紅，如炭中透明熱火燃起，整個人連體態都孩子氣起來，軟軟倒在咖啡廳的桌上，歪著頭眼完全是在撒嬌地連問我「妳為什麼這麼說」。我那時手上如果有一根湯匙，一定可以毫不費力地把Alex舀起來吃掉。

我看他那樣也知道他誤會了，一定是他先說了一個什麼例句是這種譬喻句型的，我為了表示這個文法句型是我熟悉的，馬上把它用了出來，就像小孩子炫耀會用的成語一般，並沒有想要讚美任何男子的美貌，更別說他了。一個男人如此在意自己的容貌，尤其以如此稚拙的方式，對我來說，是件非常新奇的事。

我猜想，他在亞洲的那幾年，或許更加強了他對自己外貌的自信。他在男女之情這一類事似乎開竅得很晚。他描述他小時候是怎麼開始學音樂的：「首先是我姐姐吹長笛已經吹了好一陣子了，然後是我弟弟拉小提琴，我媽媽就都在顧他們，我開始有點嫉妒，這才要求我媽讓我學鋼琴，但已經太晚了，我都已經小學五年級了。」「五年級？那真的太晚了！」我無情且實事求是地評論道，我三歲就開始學琴了。

他學音樂的這種遲來後到的狀況，也可以用來說明他在其他方面也常在這種來不及的狀態中。在談戀愛這一類事上，他也是忽然發現大家都有些經驗了，才急急醒悟並開始努力要趕上大家——我有時覺得他真的是社會馴化的好例子，什麼東西都是看別人有了，就想一樣。

這種人或許會給人製造麻煩，但絕不會給社會製造麻煩——因為他都是按著最合乎當時準則的想法行動著，如果生在日本武士道的時代，他就會乖乖切腹；如果生在古代埃及，就會去造金字塔；Alex的父親大概是個不迎合潮流的人，使他的家庭吃了一些苦。他母親不可能改造他父親，就把這類心思都放在Alex身上，要把Alex培養成一個最符合主流觀感的標準男人。他父親當然不喜歡他。

我第一次見到Alex時，他的捲髮是長的，在他頭上繞許多圈圈，他看上去就像一個隨時準備逃命的丁丁[14]，頂著櫻桃小丸子[15]媽媽的榴槤頭，我以為他是一個一籌莫展的推銷員。第二次見面他把頭髮剪了，男人的氣息陡然明顯起來，但我記得那時我是怎麼對自己說的：「喔，來了個芭比的肯尼。」我連芭比娃娃都不玩的，芭比挑男友的眼光對我更沒有任何說服力可言。

在這之前，我也有機會透過工作什麼的觀察異性戀男人，但那時我年輕，在觀察男人一事上，拜作為女同性戀之賜，我並不怎麼太用心。所以我對男人

14 比利時漫畫人物。
15 日本漫畫人物。

總體印象是很馬虎的。如果說，Alex真有什麼男子氣概，很不幸的，那也是屬於一種特別容易被別的男人比下去的男性氣概。

在偶然的機會下，我碰到曾和Alex在日本一起工作的他的朋友K，這個法國人在Alex在場與不在場時，對我的態度馬上就有改變：K並不是對我有興趣，他是對我為什麼會對Alex有興趣感興趣。因為異性戀是個流動市場，如果我會對Alex有興趣，我應該更可能對他有興趣——這就是我在跟K微妙的互動中了解到的——「Alex的男性魅力並不為他的友人看好」。

當時我就想，如果我是一個純種的異性戀女人，我的反應一定會不太一樣，我一定會比較應付K或所謂拉攏他，因為對真正的異女來說，異性戀不是一時三刻的事，而是一輩子的事業。一個善經營的異女必定先穩固自己一般性的受異性歡迎程度，再進行個別的深入交往。

但是我不是異女。我明擺出我就是只對Alex一個人感興趣，除了他我根本不要看別人。——並不是我對Alex忠誠，而是我的感情狀態就是這樣——這一生我要一切一切的虛榮，但是感情的虛榮除外。這事我當然沒有讓Alex知道。

其實他未必會領情，就像我說的，他有跟隨者的個性，如果我要用計讓他更愛我，沒有比讓另一個人愛上我會對他更有作用的。我當然不這麼做。

我不是一個好同性戀，我也不是一個好異性戀。但就算這樣還是什麼都沒扯平。我一向是三思而後行或三思而後不行的人，我和Alex的「不是戀愛」，是我第一次行為先於思考，我不知所措，甚至Alex還在我面前，我就開始打坐。他問我做什麼，我說我要冥想放鬆，因為我，真的太混亂了。

有一天，我再到Alex住處，看到他拿著兩個草席枕站在屋正中央，一副六神無主的樣子，我問他做什麼，他說：「我從巴黎帶來兩個墊子，我可以跟妳一起打坐。」我不是沒想過，或許這次，他只要追隨我就足夠。

有時候Alex會擺出一副很從容的樣子，評論自己在情感上的進度：「我還有時間。我想我還有很多時間。我不急。」但我總有點懷疑，那是他在對自己或別人「用戰術」的時間——他知道他越是急，越該露出不在乎的樣子。他總是慢半拍，然後滿腦子他所謂的戰術與戰略——他告訴我，他在日本最驚訝的一件事就是，和他下棋的日本老人都並不想要贏他。我跟他說：「這就對了，我是一樣的，我也不想贏。不要在那裡用你那個什麼腦子了。」

聖誕節過去了，春天還沒有來。那是開始，那是冬天。

2

我對南特的冬天感觸莫名，因為我迎面遇到的，其實是我十三歲時的冬天。

我對腦科學非常喜歡，我相信一定有什麼理論或是專有名詞可以說明，氣溫為什麼可以喚起人們的記憶。我猜因為地球暖化的原因，在台灣，每個冬天，已經變得不太可能與多年前的冬天有所相似——氣溫首先就不對。或許人是因此變得比較憂鬱。畢竟，周而復始的反覆可以創造出一種類似不朽的錯覺。熟悉使人安穩，安穩使人幸福。如今，季節都不再像老情人的臉，而像叢林中冒出的怪獸一般，年年都要讓人大吃一驚了。

一九九九年的南特，因為它的緯度或是別的什麼地球科學的原因，不由分說地，保存著多年前我在台灣的冬天。忽然間，沿著南特電車軌道往語言學校的路，就變成我走在台北和平東路上的感覺了。啊，這氣溫。這親切的寒意。

我真實感到多年前的我復活在現在的我身上：因為稍後會有的小考而有的輕微緊張，因為清晨冷風而有的愉快的孤寂感，因為不可以遲到而有書包壓著肩膀的匆匆感，因為也許會在路上遇到某人的極大興奮感，以及因為不遵從師長教誨不可戀愛的極小罪惡感——那陽光在低溫之中軟而薄的金黃綢緞感，像新娘的長後襬捲起我十三歲的國中女生的身體！就是在那樣的路上，我愛著另一個女孩子，走上成為女同性戀的路的啊。無論是這條路或是那條路，我都從未預謀。從未後悔。

很多年後我看奇士勞士基電影《雙面薇洛妮卡》[16]，電影中兩個薇洛妮卡同時出現並被看見的那一幕一出來，我馬上淚流滿面。我沒有受過什麼宗教上的薰陶，我的神學知識非常低等，但是人生不可知所引起的憂傷，以及對奇蹟又不相信又不經意的盼望，我想在人身上總是默默存在的——那個「冬天找到冬天，我找到我」的「分裂之後合而為一」的強烈感覺，隨著涼度正確的空氣，一跛一跛跳過我的鼻腔黏膜，讓我顫抖。嗨！也許這就是對妳的救贖喔，我彷佛聽到有人用非人類的語言，對我附耳說道。

我的南特生活分成三部分，我固定給雅蓉寫家信；我規律地寫作小說；另外就是我語言學校的生活：我一邊和法文動詞變化搏鬥，一邊交了幾個感情不錯的朋友。

為了觀摩當地文化，我也參加過當地的學生運動：比如主張學生在大學餐廳免費用餐的「吃飯不付錢行動藝術」、討論阿拉伯裔法國女同性戀處境的座談會、女同性戀在全球化運動中的政治主張等等、等等。我甚至還旁聽了一場以「台灣民主化」為研究主題的歷史研究所的博士論文發表會。在那聽一個法國女生把「美麗島事件」鉅細靡遺地介紹，有趣的是，即使到了法國，談起這問題，法國人也一樣要知道你／妳是統是獨。法國教授問她道：「說了半天，妳究竟支持中國或台灣？」她答道：「哪個都不支持。我支持的是民主。」

南特或是布列塔尼亞一向有法國搖滾實驗室的美名，中午午餐時間，咖啡

---

16 *La double vie de Veronique*（1991），導演是Kieslowski。

廳裡偶爾會有學生的音樂團體來表演，我只要有機會就去聽。那水準真是棒極了。我到後來才知道，那麼好的音樂幾乎是終生難再逢。一度我還曾以類似的理由拒絕去巴黎，我對Alex說：「只比同樣在街上演奏音樂的，南特的認真多了，一聽就是有料的，在巴黎，簡直亂七八糟。」

其實，在街上奏樂必有不得已的苦衷，我竟然這樣區分人，說來太不厚道，然而我真的在抗拒的，或許不是巴黎的街頭音樂家而是Alex。不久，Alex又重提到巴黎一事，他特意對我說道：「最近因為要選舉了，巴黎警察對街頭音樂家的管制鬆多了，出來了很多新的好的音樂家，水準有變高。」言下之意，巴黎確實存在讓我前去的誘因。但我當然一口回絕，只有在選舉前後，那跟沒有還不是差不多？Alex真是太不會說話了。我們之間的錯誤就是，他總是相信要用與藝術有關的理由打動我，但是我如果會抬出藝術，必定是幌子不是真心的。這就是喜歡運用戰術的人必定會犯的錯誤吧。

我在南特的那些日子，我一點都不想去巴黎，這在後來想起來是有幾分怪異的，說真的我那時就是怪異。比如說，我會把照片拿去送洗但不去拿照片。

為了不使照相館的人認出我而責備我，我總在換照相館。那段時間，我一共只拿了一次照片，那次的照片只有風景沒有人。似乎我只能以攝影者而不是被攝者的身分去拿照片。

很多年後，我偶然間在一本談瀕死經驗的書中看到，知道自己快要死的人會有行為上的改變，其中之一就是不再照那麼多照片。但是，我也在一部叫《我們的幸福生命》[17]的電影中，看過一個用拍立得不斷自拍的女同性戀，拍拍拍，不久就自殺了。我對照相總有一種深深的不信任感，總覺得在拍與不拍，看與不看之間，存在的不是照片，而是我們對死亡行的注目禮或是，不注目禮。

17 *Nos vies heureuses*（1999），導演為傑克・馬有（Jacques Maillot）。

3

Alex有次寫信給我，勾勒出他對我們兩人關係的想像，他寫道：許多年後，我到中國去蓋核電廠時，妳會帶著示威群眾前來，到那時候，我們就可以再見面了。——對此他真是想得太美了，我要反對什麼，我一定會有比示威更有效的方法。但這幾句他間接抗議我不到巴黎看他的話，很可以解釋我對我和Alex的「不是戀愛」，為什麼有著那麼強烈的規避傾向。對我而言，這真是一段非常、非常不名譽的關係啊。

很多年後當我以說笑話的方式，與其他法國朋友聊到這段往事時，他們都看不出這有什麼好大驚小怪的，「妳不可能控制妳的愛情的」、「愛情本來就是沒有邏輯的」、「會愛上妳以為不會愛上的對象很正常」。這是他們常常用來回答我的話。

Alex和我一向所認識的人非常不同。但在一開始，我不會知道。我們所以見面，是因為他想要繼續學中文，而我需要練習法文會話。雖然最初，有著他因「美得像神」而臉紅的插曲，但我很快就對他不再有戒心，因為在頭幾次我們見面時候，他都很老實地念課文。一相信他對中文是真心的，我就放鬆了。

但是如果要很誠實地說，在我們第一次見面時，我就有清楚的預感，知道我會和這個人發生性關係，這是我的祕密，我像白蟻知道什麼時候會下雨或淹水一樣，在這方面仍保有很強的動物本能。

一個男人想要做愛的時候會發出味道，聞起來像酸梅甜。無論做愛的對象是男是女，我大約在一個月前就會知道，我不知道如何解釋這件事，它跟我的意願與心理狀態無關，我說知道指的是「我的身體知道」。我只知道我的身體知道，我的心理沒有對應物，正因如此，我無從思考——從思考的層面來看，怎麼想都是不可能的。

這甚至也與性吸引力無關，如果Alex對我是有性吸引力的，我一定會很快地防禦起來並且有效地躲避，像我閃某些我的語言學校的男同學。說真的我對自己閃人的技術一向滿自豪的，雖然說起來，這實在並不是什麼特別值得自豪的能力。

我一直以來的想法是，萬一Alex開始勾引我，我有辦法應付並打退他的，因為在我的判斷裡，他夠文明到我可以決定遊戲規則。我所想到的都是如何不讓他有機會或有勾引我的想法，我千想萬想都沒想到，而且使自己瞠目結舌的是，有一天是我主動決定要這個性的關係，而且我真的要了。為什麼？我不知道。我除了知道那是真的而且我是清醒的之外，我對自己的這件事所知甚少。

許多年前，在我國中畢業旅行的回程上，同學在火車上借我一本外文翻譯的羅曼史，那是第一次我看到露骨而且純為鼓動情欲而寫的文字。主角都是外國人，他們如何相互挑逗以至上床的細節我都不記得了，只記得當兩人共處一夜的那晚，女主角指著男主角的內褲道：「這個也要除去。」在當時，光這句話使我受到的刺激，幾乎使我無法承受：多麼大膽！多麼色情！無法想像有天我可以長大成熟到說出這樣厚顏的話。我到火車的洗手間檢查自己，內褲濕透。

無論如何我是說不出這樣的話的，在漫長的成長過程中，我相信性愛於我將無比艱難。我也曾鼓足勇氣，向有經驗的女同學問道：「是怎麼開始的呢？在開始前是妳說的嗎？說什麼？」對方回了一個令我更搞不清楚狀況的話：「會這樣問，因為妳是不會先說的那種。對吧？」什麼對吧不對吧，我根本不懂。

十六、七歲時，我在野百合學運認識了一個男生，常常坐在他的摩托車後面跟他跑來跑去，有天兩人去MTV看電影，在小房間裡他忽然就往我身上一倒，躺在我腿上，因為我的腿是弓起來的，我發現我只要一呼吸，胸部就要觸到他臉上了，嚇得閉住了氣，他也發現了，從我身上離開並且玩笑道：「妳再不呼吸，要窒息死在這裡了。」

後來我們都沒提這事，大概把這當成兩人不行的一個指標。我不知道從他的角度來看是怎麼一回事，在我這邊，我一直是很感動感謝的：我無疑地還沒有準備好。雖然他的作風對像我這樣的女孩子，是過於莽撞到不可思議，但他一覺不對，就不繼續，這卻又是細膩的。——男孩子也可以是這樣的。在當時這是個可笑的經驗，但完全不是負面的。

我最擔心的，我在朝上床路上說不出像「這個也要除去」的性的指令，在後來的人生中，證明完全是庸人自擾，我發現無論是男是女，我碰到的人，都充滿自動自發的精神，大家都會自己脫自己的衣服。真是善解人意啊。

男孩子在妳面前一件一件脫他的衣服，其實是很美麗的景象，那是他把自己給妳的一個過程。但在Alex把他的「這個也要除去」除去之前，我們曾有長長「不知是前戲的前戲」。

4

在經歷過卡羅把我差點嚇得發了瘋的經驗後，我對選擇語言交換的對象或是法國朋友的態度，變得謹慎多了。犯不著為了把語言學好，弄到神經失常吧。我現在有兩個法國室友，兩個醫學院的學生。

公寓是史蒂芬妮租下的，另一個是克莉斯汀，克莉斯汀是法德混血，她是德國學生來法國做一年交換學生，我喜歡克莉斯汀，她金髮碧眼，像隨時都可以歇斯底里起來的那種沒良心的美女，但其實個性均衡得很，很有愛心，她有個德國好友芬妮，不時會來找她，人也是極好極溫暖的。但是史蒂芬妮對克莉斯汀有點心結，我猜是因為克莉斯汀讓她想起她自己的妹妹，史蒂芬妮看她妹妹不順眼；這些雖然只是小小的人事紛擾，有時卻又確實使我煩心。

我慢慢明白了，學語言就像呼吸喝水一樣，只能一天一天累積，急不得。寫作之餘，我跟座敷娃娃有子一起去游泳。游泳池是有子介紹我的，就在學校旁邊，去之前她先聲明了：「我去游泳是真游泳喔，我都來來回回游，不是去聊天的。」這很合我脾胃。我也喜歡一人專心游泳，有時跟別的女孩一道，對方只在泳池泡水或講話，雖然不是什麼大不了的事，但對我這種去游泳就是去游泳的，碰到去聊天的，我也還是弄不慣。

游泳池常常可以碰到語言學校的外國學生。游泳似乎特別適合在外國的外國人。以前有個暑假，我在台北的粵菜館打工端菜，館子有十多個員工，做廚房與侍者都有，除了三四個像我這樣的例外，全從香港來。下午休息時間，他們就都結伴到附近的泳池游泳。

我總覺得游泳這事，除了運動與娛樂外，與異鄉人的心情似乎存在某種特殊、神祕的連帶。

據說以前離開家鄉的人老會在海邊眺望故鄉，看其實是什麼都看不到的，那不過是個象徵性的滿足。游泳池是比喻性的海。又或者水的法則與陸有些不同，令人自由。像潛意識中的子宮，我們曾在那度過最早無語言的時光。回到游泳池，永遠像是回到安全的保護區。游泳是精神性的滿足。

另一個與游泳池相似的地方，是電影院。

我愛電影。

我之所以認識南特，並決定來到此地，其中一個原因，是我在十七、八歲的時候，看了一部叫做《南特傑克》[18]的電影。

法國導演傑克．德米出生在南特，他的妻子是人稱「新浪潮的祖母」的導演阿格妮斯．華達。《南特傑克》是一部紀念死去的傑克．德米的電影。我對南特的嚮往，是從那個時候開始的。那是具有童年性質的夢。

我到法國的第三天就看了電影，那是榮卡的《天使夢想的生活》[19]。在我當時住的青年旅館，不大的交誼廳坐滿了年輕人，瀰漫在空氣中的那種「我們

---

18 *Jacques de Nantes*（1991），導演為阿格妮斯．華達（Agnès Varda）。

19 *La vie revée des anges*（1998），導演為艾瑞克．榮卡（Erick Zonca）。

這一代」的氣氛，使得當時簡直不像看電影。——我把看到一部好電影，當作我在南特這個城市的好兆頭。

有些電影無疑的我不會說它偉大，但我會說它們是「我們生命中不可或缺的」——比如說楚浮的《日以作夜》、羅卓瑤的《秋月》、柏格曼的《芬妮與亞歷山大》、侯麥的《綠光》、或說很多年後侯孝賢的《千禧曼波》——或者在這個類型中，拍得最好最具代表性的是像《野蘆葦》——台灣翻成《野戀》[20]。它簡直會在妳的腦海裡立個小小的界碑。我往往記不清楚自己幾歲幾歲，但是我的電影紀年往往很清楚，那一年是《野戀》之後，那一年是《秋月》之前，南特那一年就是《天使夢想的生活》的那一年；是《八月底九月初》的那一年；是《戀戀紅塵》那一年也是《男孩別哭》那一年[21]。

當妳看完妳會對自己說：天啊！我也要活下去。妳很甘心，妳假使沒有煥然一新，妳也打算讓自己再誕生一次。這是妳欠電影的，就像上帝欠巴哈的——這話不是我說的，是莫札特說的——莫札特說過：巴哈這個人，上帝欠他許多。至於上帝認不認帳，我是不知道，至於我，我是認了的。

能夠還債的生命，是幸福的生命。妳一定要欠人生一些東西妳才會完整的。那條南特城中通往電影院的上坡路，就是我前去賒帳的路。

20 *Les Roseaux Sauvages*（1994），導演為安德烈・泰西內（André Téchiné）。

21 電影名對照：《八月底九月初》（*Fin d'août, Début de septembre*, 1999）、《戀戀紅塵》（*Les enfants du siècle*, 1999）、《男孩別哭》（*Boys Don't Cry*, 1999）。

5

忘了是在哪裡，也許只是在我自己的日記裡，我發表過一個不太正式的感想，我說只有看過同一本書或同一部電影的人，才能處於同一個春宮。

楚浮[22]有次讓人搭便車，對方雖然是德國人，但卻不知道任何楚浮認為重要的德國導演，楚浮後來受不了了，竟然找了一個什麼藉口讓這人提早下車。我看到這段描述的時候，笑得喘不過氣來，我知道雖然楚浮有點過分，但我還是比較同情他。

J曾說過，藝術家是地球上現存的少數維護種姓制度的族群，我覺得他批評得很是，也因此而愛上他，但是在現實上，我對這也有話要說。我認為與上述楚浮的例子相反，在大部分的狀況中，是其他人受不了我們，而非我們受不了其他人。當我知道我處於一個不愛電影的圈圈時，我所能做的事只有保持沉默，我還能做什麼？我總不能騙吧。我並不反對這些人啊，可是我可以沉默一時，我總不能整個人生都在沉默中度過吧。通常這些人都比我剽悍多了。

我認識一個女孩子，當我說：「妳會這樣說，妳一定不知道卡爾維諾。」她強調道：「我從來不看任何有文學性的小說的。」——彷彿這是一件非常值得驕傲的事。

有次法國電視台上播出國際書展的消息，報導結束回到一個座談會的現場，一個法國女作家直言道：「這根本就在胡說八道，他們談的作者沒有一個是有文學性的。」我驚訝得快笑出來，她當然是對的，非常對的。但我自己是打算完全放棄這些人了，要知道，連文學系的教授都不太讀書的，怎麼還能要求記者？我是不戰而不逃。如果文學會被消滅，就消滅好了，恐龍還不是滅絕了，但看看牠們有消失嗎？我最喜歡恐龍了。

22 François Truffaut（1932-1984），法國導演。

我一向在這上頭謹守一定的分寸。連我自己的母親在對我推薦我認為不太好的作品時，我都不置一詞。總不能因為我寫作，就逼迫與我接觸的人都要有文學素養吧。有趣的是，許多年後，我母親竟拿著同一本書對我說：「這本書我後來想想實在沒什麼真正的價值。」我總算鬆了一口氣，大點其頭。暗笑原來我也可行「不言之教」啊。但是如果她不說，我是很嚴格規範自己絕不去干涉別人的文學喜好的。我說過，小說是小說，我的人生是我的人生。

心理學上有一個名詞叫做「心理堅毅」，我把它借用來認為也存在「品味堅毅」這種東西。真正把人與人區分開來的，我認為並不是品味的好壞或寬窄，而是每個人形成品味的方式。

Alex是一個典型沒有「品味堅毅」的人，每當我不喜歡或喜歡他的某種音樂時，他往往會回答道「可是這很有名啊！」或「妳怎麼會喜歡這麼老的歌」。你不會在一個有「品味堅毅」的人身上聽到這種話的。

並不是說，一個有品味堅毅的人，總是喜歡沒沒無聞或沒人喜歡的東西。而是，儘管他／她會參考任何意見，但他／她一定以自己的判準為最終判準。

我有一個與文學一點瓜葛也沒有的好朋友，她對海明威的作品說過這樣的話：「《老人與海》我看了，好像是一個沒什麼的故事，我也沒被感動，可是我想既然是諾貝爾文學獎的作品，那些沒什麼當中應該其實是有什麼的。」在文學這方面，她也是沒有品味堅毅的，所以她接受建議的程度會比不接受建議的程度大，可是她在廚藝這類事上，就精確並且自有主張，她會說什麼什麼東西大家都覺得很好，但她覺得因為某個原因所以不好。她是有廚藝的「品味堅毅」的。

雅蓉對我做了許多不應該的事，錯到連她自己的親人都氣得不願意跟她說話。但我私底下最氣她的一件事，在別人眼中一定沒什麼。雅蓉有次把王菲跟其他歌手混為一談，意思是我怎麼一直喜歡王菲可以換換流行了。我從沒對這多說什麼，但就算是今天想起來，都反感至深，覺得那是典型「品味懦弱」的表現。

Alex 跟我說：「我們都是精英份子。」

我馬上反對：「我不是。」

我對精英份子最反感的地方，就是精英為了成為精英，通常沒有真正的心力培養自己的「品味堅毅」，他們往往比小學生還人云亦云與隨波逐流。就像Alex說的，因為他忙，做學生時功課又重，所以他在音樂上多接受他朋友或他弟弟給他的建議。他弟弟無疑是比較有「品味堅毅」的人。這種人對自己的品味負最大責任，自己要求自己，自己培養自己，他之所以建立一種品味，是為了自己，不是為了受別人喜愛或尊敬。

這是所有藝術工作者的人格核心。這個圈子的，「品味堅毅」絕不可能沒有。就算是裝，也會裝得很是一回事。Alex當然連裝都沒有裝。我第一次見到他時，我就想：「這人是我過去生活中，碰都碰不到的。」

我問他為什麼學中文？他說：因為我知道那是很多人會說的一種語言。他沒有說但我聽出來的是，「所以我覺得我學這語言划得來」。划算？

我的J所責備的「藝術家的劣根性」一聽這市儈調調，立刻全身警鈴大作，把Alex歸為「非我族類」。我馬上不喜歡Alex。但我個性裡喜歡自我矛盾的部分，又使我不是那麼不喜歡他。但我覺得瓜葛不會深，根本兩個不同世界的。

但是Alex看電影。

6

當我還是個小女孩的時候，我在市立圖書館看過一本叫做《昨夜之燈》的瓊瑤小說。當我碰到Alex時，我第一次想起這本書。時間隔了那麼久，故事輪廓已模糊，應該也會有記錯的地方。但是有件事倒是很清楚地留住了：在這本愛情小說裡，男主角因為有著遺傳性的疾病因子，導致戀愛時兼有狂熱與不可理喻的雙重性格。

女主角被蒙在鼓裡一陣子後，有次終於看到悲劇的結晶：男主角和他的前妻或前女友生下的一個，看不到大腦或後腦的小孩。

這個故事對當時的我，震撼無疑非常大。我不記得任何場景與對話，但對男主角，姑且叫他「昨夜之男」，因為極端處境導致的瘋狂、愛與逃避，不知為什麼，在我小小的心靈中，覺得非常可以理解，並且深深認同。

在長輩的朋友裡面，有一位叔叔有類似的處境。不過他的作法十分實事求是，他和他即將訂婚的女友，在醫學檢查報告出來後，取消了婚約。後來他們也就各自婚嫁了。

我對有關遺傳疾病這事的概念大致如此，有特殊基因的人並不是不能愛，但在生育對象的選擇上會受到限制，只有在和某種基因組成的對象交配，才能確保新生命的健康。所有這些事，我都是在大人不注意的狀況下，偷聽到的。

當年我也曾想過，雖然從未看過這個叔叔像小說裡的男主角一樣，將此事與詛咒或宿命等字眼連在一起，因而情緒澎湃或崩潰，但是和已想訂婚的女友，為了這種生物性的理由而分手，必定還是不能不悲哀吧。

小時候的我，於是認真想過，這種事，是不是早一點知道比較好呢？但是，如果兩個人的關係不親不近，能要剛認識不久的人，就為此上醫院做檢查嗎？真是很為難的處境啊。Alex也曾旁敲側擊想要知道，我對醫院檢查這種事的想法，可是我並沒有打算與他長久，我想不出在什麼狀況下，我有必要與他深入到討論這種事的地步，記得當時我就只是打混過去。

我在年輕時代是女同性戀，除非刻意尋求，生殖這事與我無關，只要不受孕，隨著受孕而來的種種麻煩或考慮，都不困擾我，在這方面，女同性戀的生活實在可以說，特別輕鬆與自在。然而，我是愛滋年代的小孩，我會思考的另一個問題當然是，愛滋帶原者是否有隱私權，伴侶應該被告知到什麼程度之類的問題。

在法國的同性戀雜誌裡，我也看到某些男同性戀愛滋帶原的現身說法，有的就是非常黑暗、末世地要把自己的不幸傳染出去，既不保護自己，也不認為別人應該得到保護。在他們的陳述裡，有個東西不能不引起我的注意，有些同性戀是如此感覺被排斥，已經到了覺得把病菌傳染出去，是唯一有力的自我表達方式。這當然是可哀的寂寞，與犯罪。

從我認識Alex沒多久，那個「昨夜之男」的痛苦形象，不停在我腦海中出現，困擾著我。事實上，在我第一次見到他的時候，我除了預感自己會跟他發生性關係之外，我的直覺還不斷告訴我一件事：有什麼悲慘的事曾經發生在這人身上，妳要好好對他。有什麼完全不能補救的事發生在他身上，妳要好好對他。

是什麼樣悲慘的事呢？我做過許多的推理，但從來沒有過真正的答案。我在這種事情上面，不是個刺探者，我總是想，他想說的時候他自己會說。那個祕密的影子，在所有我跟Alex共處的時光中，始終縈繞在我心底。

Alex有次失言得罪了我，我生氣了。他立刻道歉，但我的氣沒那麼快消，為了讓心情平靜，也為了不想讓他看見我怒氣沖沖，我進了浴室。在浴室的洗臉水聲中，我聽到Alex對著電話在報警。他當我在浴室準備自殺。

我只好趕緊從浴室出來制止他。他把電話掛上後，一臉驚惶道：「我把報案順序說錯了，應該要先說住址的。」小題大作？當然。但他試著要告訴我什麼？有人曾經當著他面死亡嗎？他曾經做了什麼或沒做什麼，直接或間接導致某人的死亡嗎？這不是不可能的事。

為什麼我們剛認識沒多久，他就要我躺在地上假裝昏迷，讓他練習他學過的急救步驟？真的只是因為他剛學會這套方法沒多久嗎？他把我上上下下拉來拉去，並沒有讓我產生任何這是浪漫之舉的聯想。

當Alex不在我面前時，我常反覆思索他的古怪氣質與行為。當他在我面前，我只是喊道：「Alex什麼鬼，要自殺我也不會在這裡，死在外國未免太奇怪了。」

他被我逗笑了：「對對，千萬別死在這，死在這太奇怪了。」

其實他在犯錯的第一時間裡，我就想原諒他了，因為我了解那是無心的，但是他不可能以這種方式生存啊，他應該要知道：對任何事都滑稽以對，這只有戲劇裡的丑角才被容許的。

他不明白，他問我：既然如此，妳為什麼還生氣呢？我告訴他：任何正常人對此的反應一定都是生氣的，只是我知道真要傷害人，不會如此笨拙，所以我一生氣就知道你不可能是惡意的。但是你確實不應該。

他說他有時就是會犯這種錯誤，比如在不該笑的時候笑，不該說某個字的時候偏偏說出來。他嘆道幸好我好聰明。我心想，他最好都跟非常聰明的人在一起，要是他和以常識做判斷的人在一塊，人家誤會到把他打死都可能。他的大腦有部分彷彿不受他控制，但事情明明又是他做出來的，往往嚇他自己就嚇了一大跳。他說的時候嘴唇直哆嗦，他一直拿手去按。我很不忍。

我們和好。第二天一起去海邊。去海邊看海，他說，像大家一樣。

7

我還記得我碰到Alex那天，我看的是哪一部電影。

那是一部叫做《沉默的國度》的俄國片。片子很美。像電影《天使夢想的生活》一樣，主角是兩個年輕女人。在這部片中，其中一個是聾啞，聾啞並且說謊成性。

看完電影，我處在常有的低潮中，我不能評判一個聾啞者的惡，我不知該同情該厭惡。我對聾啞知道得那麼少。像宗教教人的不要評斷人是簡單的，接下來的問題才比較難，如果不自命為惡的裁判，妳／你是否願意做惡行的犧牲者？

一個人不能對椅子或綠色的小花手帕做惡，惡的對象總是人，總有人是受害者。雅蓉為自己的辯護之詞中，有個說法，就是她太受同性戀受壓迫的處境所傷害，她的惡根源於此。然而如果我可以說，我不評判，因為我對聾啞知道那麼少，衍生下去，我勢必要接受所有的惡，因為我對任何人都知道得不多啊。

雅蓉認識我時，告訴我她有兩個姐姐，其中一個精神不太平衡，十六歲時因為太嫉妒母親偏愛的雅蓉而自殺身亡，十九歲的我被這件事震懾住，對雅蓉產生了無比的憐憫。那時無論她顯得多麼自我中心，我都會好言以勸，如果她任性，我也會容忍。原因就是我以為，她的遭遇離奇而不幸。

大約我們認識五年後，雅蓉才告訴我，她只有一個姐姐，整個嫉妒與自殺之事不但是她編出來的，連這個姐姐也不曾存在，她媽媽根本沒有生過這一個女兒——我記得我曾問過雅蓉有沒有這個姐姐的照片，雅蓉還告訴我：「雅潔從小就不喜歡照相，她的照片非常少，留下來的照片都在媽媽那裡，但是如果跟我媽要，我媽很可能會又一次崩潰。」柯雅潔竟然不存在！對於已「認識」她五年的我來說，這打擊實在太大。柯雅慧——雅蓉在國外求學的姐姐知道這事後，把雅蓉狠狠地罵了一頓，並告訴雅蓉暫時不願意跟她說話，因為雅蓉的行為太過分。——柯雅慧倒是真的存在的，我跟她一起吃過飯。我問過雅蓉：妳為什麼要對我做出這種事？她說：因為我想引起妳的注意。從實際層面來說，我的整個判斷系統都被侵蝕損壞了，我覺得自己像被用垃圾郵件灌爆的信箱。

從此我跟整個人類產生了斷裂。我假設出一個困境：假設我面前有人失足落了河，過去我一定想都不想就去救對方，即使犧牲自己的生命也無所謂。可是自那斷裂開始，我問自己，如果落水的那人，是和雅蓉具有同性質的人呢？如果不用犧牲我的性命，我當然會基於人道相救，但是如果會冒生命的危險呢？光是這個猶豫，就對我傷害至深。當我從電影院走出來時，因為人生可能存在這樣不單純的選擇，我非常沮喪。

我一直想把雅蓉對我的傷害做個了斷。但是提出來的分手，都沒有足夠的方法貫徹到底，但就算如此，我仍然從頭到尾，沒有想到過要背叛雅蓉。即使在我和Alex好到一定程度後，Alex要我對雅蓉說明，我也不肯，雅蓉和我並不是露水夫妻那樣的關係，我和Alex之間的事完全超出我的預料。我知道同性戀的路多不好走——我也並不想報復雅蓉。我是我。

在那一天，即使我是非常不快樂的，我仍然依約，依我對自己的約，去為雅蓉拿一個我想她會喜歡的帽子贈品。那是一頂很俏皮有趣的船型帽。上回我經過速食店時看到的，當時匆忙沒進店裡，但我對自己說，下次經過我就要去拿，寄回台灣給雅蓉。

沒想到英雄所見略同，討好的贈品很快就送光。事事不順啊。但在店裡吃完晚餐後，我仍然很有毅力地，把我的法文文法書拿出來做練習。我所在的那間店，就在電影街的最中間。

Alex忽然站到我桌子邊的時候，我感覺他從天而降。他站在那裡長篇大論地說話，顯得有一點憂愁。他說了好一會兒，我還摸不著頭緒，他說的是他被公司派到南特出差這一類的事，之後似乎還告訴我他為什麼出差，使我一面聽一面在心裡問：這關我什麼事呢？

他有點像在辦公室做簡報那樣說個不停。我雖然不明來意，但我注意到他站著不坐下，這個小細節使我感激——從以前到現在，常常有人會直接要求坐下，或是問都不問的。

他不坐下，我因此仰著頭問他：你要坐下來說話嗎？

他坐下來比站起來糟糕。他似乎很侷促又似乎很冒失。我聽懂了一個大概，他說他在我對面看著我，他看到我桌子上的小小法漢字典，所以他知道我說中文，他想要知道我是哪裡來的，哪一國人，他想要看到我的臉，但是我一直低著頭，他等了好久，我頭都不抬起來。

話題轉到我從台灣來的，他說他去過台灣，他會說一點中文。我想哪有那麼巧的，但說了一下，他不是騙我的。我又叫他說幾句中文，他真的會說，雖然怪腔怪調，但是可以溝通。不是只會說「你好貓」的那種。

他用法文問我更多關於我的事，我答了一些，他問我為什麼來法國，我不知為什麼忘了保持偽裝與社交的距離，道：「嗯，因為我還滿喜歡德希達[23]的。」其實我一定是法文說得有點累了，才會因為包包裡有一本正在看的德希達就

---

23 傑克・德希達（Jacques Derrida），哲學家（1930-2004）。

這麼說。雖然我說的也是真的。但是自從有次我跟一個心理學系的學生提到拉崗[24]，她跟我說：「我不知道他是誰，妳要問我們老師。」此後，我就叮囑自己要學習用比較一般的主題交朋友，避免提到一些書或作者的名字。所以當我說完德希達之後，我對自己一下就破功感到非常不滿與挫折。但他馬上說：「啊，但是在這裡，讀德希達的人不真的非常多。」當然啦，我已經覺得煩了，你們法國人什麼都不讀啦。他知道德希達。

後來說到我大學沒讀完就輟學了。他顯得很關心，問我為什麼？我想說「當時有當時的想法」。可是我的法文不能表達我的意思，我開始覺得吃力。他說他讀書時也有一科物理吧被當，他因此重修或是留級一年。我心想：這哪能同日而語。但詫異他的細心入微。這似乎有點超過了。很明顯，他不希望我難過。——他不希望我難過——或是覺得低人一等——我這一生，說真的，並沒有收到過很多這樣的東西。簡單的東西。

他看到我桌子上的電影時刻表，他拿起來像是自己的東西一樣，而且有種不想還我的樣子，他接著開始說起電影。我聽得出他看電影。我沒有顯出我的快樂。我把電影時刻表從他手上拿回來，心裡還有點不高興，想：他怎麼拿我的東西呀！但是我把電影時刻表上他想看的電影片名與時刻，一個一個替他抄在另一張紙上，給他。

我把我的電影時刻表小心收進我自己的口袋裡——愛看電影是非常好的，但是不要亂拿我的東西。——這是我們在互換電話前，我的其中一個感想。

24 傑克．拉崗（Jacques Lacan），精神分析師（1901-1981）。

8

我第一次沒回公寓過夜，克莉斯汀與史蒂芬妮差不多要把屋子掀了般興奮。她們兩人都有男友，也偶爾會在男友住處過夜。只有我，除了有時看電影會回來得比較晚以外，完全沒有在外過夜的紀錄。

早上我回到公寓後，只要一照面，這兩人就不斷微笑道：「昨晚沒回來睡喔。」後來還是史蒂芬妮比較忍不住，直接問我道：「我們整夜都在問，妳到底去了哪裡啊？」

我突然變得有幽默感啦，正色道：「妳不知道嗎？這很難開口呢。我一向過著不為人知的雙重生活。」

史蒂芬妮聽懂了我的營生，很合作地沉下臉道：「這樣啊。那妳如果有遇到法比安（Fabien），要告訴我喔。」法比安是史蒂芬妮的男友。我們笑了。

這種小小的甜美，可以說是我十多年的同女生命中完全沒有的。那一天，儘管我還不感覺我與異性戀有多大的關係，但僅僅作為一個偽裝的異性戀就可以如此自由、不孤單，我真是感慨萬千。

我十三歲的初戀情人小蜜曾寫過一篇義正詞嚴的短文，指出，同女如果不出櫃，在假裝異性戀與社會互動的過程中，會慢慢背離同女的路。所以她主張出櫃對所有同女的重要性。當然有點奇怪的是，她比較針對婆的角色在說這話，或許因為婆比較容易偽裝，也被假設比較不出櫃。拿我自己的經驗來說，我以為從「保衛同女」、「同女本位」的角度來說，小蜜無疑是對的。

因為我的小說中寫到同女，有記者把我標示為「出櫃的同志」，我不禁叫屈：我哪時出櫃了，哪時？小說是小說，我的人生是我的人生。我認為我是不出櫃的，不只是不出櫃的同女，也是不出櫃的一切——如果可以，我很願意在我額頭上刺青刺上四個字：永不出櫃。

出櫃這事，並非不好；但我覺得有人可以負責出櫃，有人可以負責不出——分工合作。我還是不喜歡出櫃一事，因為它把「社會」看得太重要啦，也就是說太在乎他人——。我並不怎麼喜歡的沙崗寫過一句對我有影響的話，那是小說人物說的話：「妳是說，妳對別人解釋妳的生活？」沒有任何人可以要我解釋我的生活。

我之所以變得不說自己是同女的一個主因，不是因為怕歧視，而是因為雅蓉令我覺得羞恥。當時我是如此不能接受雅蓉，以至於我對自己說：我真可以說我是一個同女嗎？如果我的同女伴侶在我們多年關係中，一再對我進行詐騙，我到底可以說我愛過，或是我被騙過呢？

即使和泰國的小拉拉安玩得最高興的時候，我都為此極度憂鬱。無論我對誰說，都會像是打擊同性戀。我因為雅蓉詐騙行為而消失掉、溶解掉的人生，該如何名之？如果不是有此深淵進駐我生命中，我永遠都不會知道，我要關心我自己甚於什麼鬼同性戀處境。我是處境中的人，我比處境重要。

羅伯特．潘．華倫[25]寫過一本叫做《國王的人馬》的小說。曾影響我的青少女時代，小說中有一個段落令我印象深刻，主角本來要與所愛的女孩發生關係了，但中途有人出現，他沒有付諸行動。主角說：「我的運氣變成了我的美德。」

當我回顧我和Alex「不是戀愛」的種種時，我常想把這句話倒過來說：「我的美德變成了我的運氣。」我其實並不知道我當時在做什麼，我一直想的都是要如何把傷害降到最低，直到最後我才知道，我極小的善，帶給我的竟是莫大的幸運：無意中，我了解了我自己。

那個夜晚，因為我的不在，而令史蒂芬妮與克莉斯汀士氣高昂的夜晚，究竟發生了些什麼事呢？

其實，並不像她們想像的，我在那麼快的時間裡，就有了浪漫的夜生活。有部智利電影，有一點土耳其裔德國導演法提．阿金[26]的風格。我非常、非常喜歡。電影在電視台播放，沒看到開頭，不知道片名。故事從頭到尾都在

25 Robert Penn Warren，美國小說家。

26 Fatih Akin，德國導演。

旅館的一個房間裡，第一次見面的一男一女，在不知道互相姓名的狀況下，做愛，談話，爭吵，分離。

那是一個古老而總是破滅的幻想，人們想，我可以靠著野合與歷史暫別，我可以做一個沒有歷史的動物，但野合總是馬上使兩人發生什麼，本該不具歷史性的野合，幾乎是諷刺地，幾乎是悲劇地，變成光輝神祕的歷史時刻。違反意志。違反我們的意志。是誰說的，詩意乃是自己對自己進行的強暴[27]。

在歡愛後的默契中，女人發現，那也無關治癒男人舊愛刻下的傷口；男人發現，他開始留情的女人早決定，野合之後就要和青梅竹馬入禮堂，即便那是不會幸福的婚姻。

在另一個不知是警匪片或西部片中，男人問老大的女人：妳為什麼要和這人在一起？女人回答：那都是因為，我是我。

電影中上旅館的黑髮女人說：在這個地球上，有許多許多的人藏匿在旅館的房間裡喔。所有那些不合法的性愛與感情，都是在這裡發生的。我記不清楚了，也許她說的是：在聖地牙哥，有許多許多，不合法的性愛與感情——。

但「合法的性愛」這幾個字聽起來多麼奇怪。一聽就像完全不合法的東西。我對異性戀採取那樣堅定的批判立場，到最後是讓它具有一個幾乎嚴重不合法的地位，然而這反而使得我，幾乎像是當年被同性戀吸引般地走入它。不就是因為它不合法嗎？

Alex的住處，是所有我住過的地方中，最像旅館房間的地方。我非常、非常喜歡。

27 這個想法來自考烈特・潘諾（Colette Peignot），轉引自南西・休斯頓（Nancy Huston）對其生平之研究的*Les jounaux de la création*。

9

我常常站在Alex位在二樓的房間窗口往外看。

有天，遠處陽台上，一人看見了我，對我揮手，我也對他揮手，一個甚至看不清楚他的臉的人。Alex從後面靠上我說：「妳在和人打招呼啊？」那聲音，是他覺得什麼好玩時，好像歌劇魔笛中那小孩[28]，那種十分快樂、清澈的聲音。

遠處的人雖然遠，但我也可想像，他會看到的是，一男一女貼緊地站在窗口前。那是情侶的畫面，情侶的時間，情侶的窗口。某種情侶地被看見。出現。那麼典型。

很久以後，我問Alex：「當你想起我們在一起的時候，你想到什麼呢？」

「很多！很多的幸福。」他想都沒想就那麼說，並且立刻後悔自己過分坦白與慷慨的評語，他急急加一句：「但是有時候妳也很煩呢。」是嗎？這麼說來，我是可以給人很多幸福的人囉？這真是讓人不敢當的恭維。

那是黃昏時刻，那是當地天黑的方式，那種非常慢的擦去法，天空長時間懸而未決的灰，令我感到被折磨的焦慮與無緣無故的哀傷。我對Alex形容，為了抱怨而形容。我不喜歡天那麼慢黑，那讓我覺得一切沒把握。我對他抱怨天色。

Alex臉上出現防衛的表情，我猜他聽到的，不是我不喜歡這或那，而像是不喜歡法國或不喜歡他。他問我：那在台灣天黑又是怎樣黑法呢？我自豪地回答道：就是一下子就全黑了啊。他不作聲，像在揣摩什麼似的。他老喜歡動腦筋。

有次我問Alex：「對你來說，戀愛究竟是怎樣一回事啊？」因為我老聽到他說些「愛不愛」、「不是戀愛」、「是戀愛」的話。

---

28 指捕鳥人巴巴吉諾。

他搶答的速度讓我吃一驚，我不知道他那麼喜歡回答問題：「就是我一直想著她，她也一直想著我。」他興高采烈，春情蕩漾地說。

「喔你像青少年一樣。那是絕對不可能的。」我一副教小孩的口吻：「再相愛的人，也不可能一直想著對方。總是有要做別的事，想別的事的時候。」

回想起來，我也不明白我為什麼那麼冷淡。要是是在我的小說裡，我就知道這是愛，這是不愛，這是痛苦，這是猜忌，這是怕。但事情一發生在我的人生裡，我就只剩下一個感覺：「什麼」都不是「什麼」。

我有一個很有藝術天分的國中同學，她也是小時候被她父親非禮，我們在一樣的年紀開始戀愛，她走異性戀的路，我走同性戀的路，雖然路不同，但我們一直給彼此打氣加油。

從小到大，她不停寫卡片或信跟我說：「要相信愛。愛是最重要的。」對於她的勸導，我沒有一次認真看待，我一看到她寫的「愛」字，就想：「又來了。神經。」但是我知道她關心我，擔心我。這樣過了十多年。後來她精神出了問題進了醫院，一直到那個時候我才想，她跟我說了那麼多年的「愛」字，到底是什麼意思？

我查字典。沒用。字典說，父母對小孩的親子之情是愛首先就讀不懂。我唯一從家庭裡學會的，就是「什麼不是愛」。小孩是可以被以非常光鮮體面的方式棄養的。被性汙染過的小孩如我，大家都暗恨，有人會因此想起自己的罪行，有人會因此想起自己被背叛。拿你妻子的女兒洩慾，多具有毀滅性。愛？

我沒有愛上妳。有時Alex會突然這麼說。——從他的表情看來，也許他以為這樣會惹怒我或讓我哭。

「這有什麼關係？」我反問他。他答不上來。

我想了想又對他說：「反正每個人的字典都不一樣。誰知道愛是什麼意思呢？」講究性愛合一的不都說是女人嗎？我不懂他在傷什麼腦筋。

他露出魔術表演中鴿子飛出來時，小孩的那種放光的臉，不可置信、著迷、但又審慎地不願被打敗。他端詳我。我化險為夷了。

我一高興，繼續說下去：「曾經有個詩人說，『我愛你』這三個字是人間最髒的髒話呀。」

「什麼？」他馬上跟不上了。很可愛地著了慌。

Alex沒有足夠的程度做沙龍式的談話，即使是跟一個像我一樣的外國人。

我覺得勝之不武，止住了。有人的地方就有傷害，我知道此地畢竟非久留之地。他不天真，他要有權力，這是人性，豪爽的男人其實從來都沒存在過，男人要的都不只是性。他要的是建立他的價值，為此他會不顧一切。也許我也是這樣。

10

我是怎麼樣會開始留在Alex的住處過夜的呢？

後來想起來，有兩件表面微不足道的事扮演了一定的角色。第一件事是克莉斯汀跟我提議，我們同住的三人，要在這個週末一起做中國菜慶祝我們的友誼。這就是克莉斯汀。親切、可愛又友善的克莉斯汀。我多麼喜歡她啊。

「我們要來做糖醋排骨，我們不會的時候妳可以教我們！」——我點頭答應，像答應我自己的死刑一般——我這一輩子都沒有做過糖醋排骨！不要說糖醋了，我連排骨都不知道怎麼應付。在所有的調味料中，我會使用的只有鹽和胡椒，後者還是因為讀了報上的美食教室才知道的。

一個人想要對另一個人隱瞞的事，在說出來後，往往令人覺得隱瞞的事不值得大費周章，但對當事人而言，也許寧可死也不願意讓他人知道。我所聽說過最嚇人的真實事件，是一個小孩隱瞞他母親他是色盲，長達十年。事情一直到有一天，母親發現兒子衣服上的隱密處寫了表示顏色的小字，這件事才被說了出來。

他是色盲測試測不出的那種色盲，他能在紅綠色之間稍做區別，但他看不出許多對常人而言存在的顏色變化。這個母親是我高中的護理老師，那個可憐的小孩是她的兒子。我想對克莉斯汀隱瞞我的廚房恐懼，就像這個兒子想對他母親隱瞞他是色盲一般。

克莉斯汀和我訂約一起做飯後的那一星期，是我一生當中焦慮指數狂飆得最厲害的時期。我的法文還沒好到可以隨機說謊——我的法文好點之後，我編出一個故事，故事中我有一個過度知識分子傾向並對子女採取放任教育的母親，以此來說服別人我為什麼是一個「家事白癡」，並使別人不要疑心我真實的身世：有個在精神上虐待我的母親，有個在身體上侵犯我的父親，有個不幸喔這是我童年的童謠。

就在我被這個恐懼壓得快要窒息的時候，我母親又有了天才之舉。她寄給我我父親的照片。我的感覺或反應是什麼，我永遠都不想再去談。我不敢自殺，那種痛苦使妳覺得就算妳死了，它都還會再殺妳一次使妳活過來，繼續折磨妳。我第一次有了想要上街濫殺無辜的念頭。人之所以為人，必須有人把她當成人。

就算今天我想起當時的我，我仍被我的堅強與韌性所驚嚇。人家都說咬著牙忍耐一件事，我那時就是覺得我的牙齒統統長到腦子裡面了。但是我跟Alex有約，要做語言交換。或許我覺得我在那時如果倒下來，我整個人生都輸了，走到Alex住處之前，我曾想把我的血弄出來瞧一瞧，我是那麼難過以至於我以為，我的血也許全變成黑色的了。

我決定不跟雅蓉講這件事，我以為誰在這時候對我說錯一句話，我都會不發一語地去割腕，而且採取必勝型的死法。——專業的人都知道這種事必須專業的人來處理，這並非毫無道理。我有個記者朋友有次採訪這種事的當事人，採訪完當事人一離開就試圖自殺。

我們先用中文交談，再用法文。這已經不是第一次我跟Alex見面了，我感覺滿好，他令我放鬆。我不知道是什麼原因，但那時的他，就是有一種對我既保護又研究的態度，溫和至上，如果打譬喻，我覺得我們之間的氣氛，很像實驗室裡的科學家和黑猩猩。

這個譬喻並沒有抬高Alex與貶低我的意思，我之所以不像科學家而像黑猩猩的原因，是因為，痛苦中的我，並不熱心觀察他。我只是安靜地滿足於和他的遊戲。有次我聽一個動物系的男生說，任何動物都需要遊戲，如果沒有人跟黑猩猩玩的話，黑猩猩很快就會死掉。我想那時的我，大概就像快要死掉的黑猩猩。

我們放慢的對話彷彿一種憂鬱療法，我們之間有種奇怪的和諧，使我進入類似幼童的狀況：我注意到我像年紀小的孩子一樣在椅子上爬上爬下，我覺得不安，但我無法克制。在我小時候有幾次，當生活中出現可信任的成人時，我也曾這樣變小過，那是我對突然出現的安全感的回應。我的大人樣不見了，我彷彿被催眠。Alex對我的童年特別感興趣。

Alex問的話都不難回答。但是一個有關我兄弟姐妹的問題，讓我再度防衛起來：「我很多年沒有見過我弟弟了。」我還是老實地答道。我或許還有點哽咽：整件事最不公平的地方，就是，是我在失去所有我本來可以擁有的東西。一個弟弟說真的沒什麼大不了，但當我們小時候，弟弟和我就像此刻的Alex和我一樣，像彼此的黑猩猩，也曾發明著我們之間的遊戲與談話。Alex非常敏感，他一察覺我對某個問題有過強反應，他就換一個表面看來比較無關緊要的問題。

我後來對精神分析的了解比較多，就知道Alex當時的態度其實很接近精神分析的技巧，他之所以和妳談話並不是建立在語義的交換上而已，他在調整妳的身心狀況。我知道我們的談話，已經超過原本語言交換的時間了，但他不停止，我也想繼續。我有把握我可以一直給他一些浮面的答案，反正真正悲慘的事我是不會說出來的。

不知道是Alex的什麼問題，我答了一句：「但是沒有人會相信小孩子說的話的啊。」他對這句話注意起來，他也知道直接問問不出所以然，他就慢慢兜圈子。後來我們竟就談到亂倫。他也說了一些話，但是說話的方式非常輕柔——

認真但不嚴重。他說他有聽過這一類的謠言，但是總不知是真或是假。談話就這樣一直下去，有一刻我就突然說出了口：「那是真的，因為我就是。我是受害者。」——好像人家說的問供過了午夜，真相就大白了。用外語偽裝我畢竟撐不了太久。

我跟他說，我正在非常糟糕的狀態中，因為我媽寄來了我爸的相片。

Alex神色大變：「撕掉撕掉。妳可以把它撕掉。」

我哭喪著臉：「撕不掉的。我媽把照片還加上了護貝。」——記得當時我還想到，我的法文真進步了，連法文的「護貝」兩字都會說。

Alex著急地說：「把它丟掉。妳可以把它丟掉。」

我點點頭。但是後來我沒照做，我覺得那彷彿湮滅我母親侵犯我的證據——第一度的侵犯來自我父親；第二度侵害來自拿我受害不當回事的母親。我要留下證據。

之後我對Alex無比依賴。一個讓妳把痛苦祕密說出來的人，就是一個把妳從地窖裡拉出來的人，一個掀開妳棺材的人，一個給妳一張臉的人。

像重獲生命的人一樣，我變得歡暢。我對他說：「你明天還要上班。」他輕蔑地哼了一下：「上班？」意思是說上班算哪回事，我真被逗笑了。

Alex說，如果覺得夜太深，不想立刻回家，他可以弄一個地方給我過夜，我快要死掉的黑猩猩這時朗聲道：「我不要回家。我要和你在一起。我要睡你旁邊。」彷彿他是我新生張開眼就看到的大獎品般，我永遠不要離開他。我在他的房間跳來跳去，心滿意足地看著Alex在我大膽言行後，那張又煩惱又喜悅的臉。

11

Alex喜歡我。這是我一直知道的事。至於喜歡到什麼程度，為了什麼，以及所有相關的周邊問題，在當時我都沒有細想。他問出我被傷害的童年往事，使我們的關係蒙上一股非常、非常特殊的色彩。回想起來，那雖是使我們關係得以開始的原因，卻又使我們關係不能正常化。

他對我來說，太像一個紀念物了，是在我極端醜陋的傷疤上開放的玫瑰花，我想永不失去他的那樣保留它——若是愛情，我想愛情的玫瑰，終將凋零。

Alex認為「性」是一個關鍵。他一度提議我們先不見面一段時間，等到再見面時，轉換我們兩者的關係為無性的關係。他說這樣比較能長久。他說：「現在我們只要一不做愛，兩人就會生氣。」

我對他的建議不以為然：「不做愛的話，我可並沒有生氣。更何況你如何知道我們不見一段時間後，就能成功地不做愛？如果我們不見面之後，再見面還是做愛，那我們這樣的實驗，豈不很無聊嗎？」我的法文反駁起人已頗有架式。

——「說得也是。我確實不知道我們是否能成功地不做愛。」Alex對他的點子並沒有大力捍衛。

我們一開始做愛，就進入打得火熱的狀態。我當時有個奇怪的理論，我相信做愛能保障我不會愛上他。我最怕的。

我過去有很多柏拉圖式的愛情，愛得死去活來的原因，我覺得就是因為沒有性交。我有長達十年以上的癡情史，我非常引以為恥。我以為性交可使戀情庸俗化，使癡情無法生存。後來我才知道世事難料，天下沒有那麼如意的算盤。

我們的關係不會長久，這原是我們據以判斷我們情感形式的一個要件。既然不會長久，許多事都變得不需要斤斤計較，一切的一切都可以包容。只要一有「我倆沒有明天」這樣的想法，愛就變得非常簡單：只有愛而已。

「妳是我的老闆。妳叫我做什麼，我就做什麼。我是妳的小雞雞。」他用含混的中文說道。

「什麼？不要亂講。什麼小雞雞？」我不可置信。我們正在公車站，大庭廣眾之下。

「可是是妳說的，妳說，妳說我是妳的小雞雞。」Alex一臉無辜。他一著急說中文就有點口吃。

我明白了：「我說你是一個小機器人。小機器人，不是小雞雞。」

——有次早晨醒來，我看到Alex用一種略顯僵硬的步態在大步走路，我覺得十分可愛，我確實曾說過他像機器人，但我說的是「你是一個小機器人」，什麼時候變成「我的」小機器人了？至於「老闆」一說，則是他自己的獨力發明，大概要表現對我的推崇，但我是個左派，叫我「老闆」我其實不怎麼聽得入耳。可是難道要他要叫我「我的工人」，更不像話了，所以就隨他去了。

我要他附耳過來，在他耳邊給他解釋，什麼是小機器人什麼是小雞雞。他懂了，撒嬌道：「還不都一樣。小雞雞跟小機器人。」

我有點得意，「還不都一樣」，這中文是我教他的。至於他所要表達的真正意思，我後來甚至懷疑那是種反社會的操控本質，他在自我貶抑，他在博取同情，他在操縱——我的女性主義訓練要我小心愛指揮人的大男人主義者，Alex的自卑或是表現出來的無助感使我卸下我的防衛性，我非常動心，他啟動了我最私密古老的母語：我也自卑無助。雖然在我後腦勺的部位仍有警示紅燈亮起，告訴我他一定是發現這一招，比任何求愛法都進攻迅速。

後來我一個同女朋友跟我說：「戀愛時，裝小孩最保險又最有效。」她說的是她自己的經驗。這種事有意思的部分，在於一經說穿就不管用。我事實上非常厭惡人們裝小孩，覺得那是對真小孩的身分與待遇的盜用。

雅蓉親戚有個小孩收集電話卡，我出國前剛好碰到這小孩，小小的他一本正經地對我介紹他的興趣，並跟我問電話卡，我沒有，但答應他我有了會給他。出國後打國際電話的關係，果然有了不少電話卡，我便收集了寄給雅蓉，要她轉交給那小孩。後來有次回台灣，我發現那些電話卡都原封不動在雅蓉書桌上，我問雅蓉，雅蓉說她自己留下來了，因為覺得那些電話卡非常可愛，她也很喜歡。我簡直不敢置信，就連小孩的東西，雅蓉都能半途劫掠。在這一事上，我深恨雅蓉。——雅蓉不了解我到這個地步。

Alex的稚氣有多少是真的，多少是假的？他說小雞雞與小機器人沒有不同，意思是我對他與對一個情趣按摩棒的需要沒有差別，因為我們之間唯一具體的東西似乎只有性，那其實是個成年男人的哀怨。

我很少以言語表達或承認我對Alex的感情，他想套我的話，他不知道我不說只是因為語言的難度：我找到動詞時不太確定名詞用什麼，句子到口中又想變位是對的嗎，時機就這樣過去了，結果我的沉默與能力不足，反倒成為我的保護，使我知道得多，流露得少。加上Alex一開始就知道我不打算把他和雅蓉相提並論，Alex的性格變得非常頹廢以及委曲求全，有時自暴自棄起來，簡直像個妾身未明的妾一樣。——這非我所願。任何人都沒有道理讓另一個人受這樣的罪。

在電影院裡，我總在黑暗中伸手握住他的手，我不知道他是害怕緊張或是純粹生理上的不適，他的整隻手總是汗淋淋得不像話，然而我並不覺得不舒服：非常濕，那就像一個非常要的女人一樣——更何況，我自始至終都不是只想以性交安慰他，只是因為我認為那對他來說，比較簡單又沒有傷害。他在黑暗中也緊緊抓住我的手，那是像落水的人的手勁一般使盡所有力量絕望的抓法，沒有一點點浪漫可言的。他在開車時，我也總是把手輕輕放在他身上，讓他知道我在，我在意他。

「這會妨礙你開車嗎？」我問他。

「不，這不會妨礙我開車。」他回答道。

Alex有個好友Paul是個男同性戀，在Alex陷進與我的關係中時，曾這樣安慰失了方寸的Alex：「男人如果有兩個情人，那都是因為這個男人很混球；女人如果有兩個情人，就相反，這完全是因為她非常不混球。」我不至於差勁到要宣揚這樣的理論，這實在太離譜了。我不知道Paul是不是真的非常相信他說的話。但是Paul安慰Alex這番心意，我一輩子都感激，真的，那是我在意但我自己不能做到的事。

12

我喜歡的作家斯湯達爾[29]曾說：在所有愛情中，最奇特的是，起頭的那一步。是啊我真的這麼覺得，當我回想起我跟Alex所發生的一切，我最困惑的就是，我不知道哪一步是我們之間的第一步。

性交當然扮演了一定的角色。但是要如何為我們的性活動斷代呢？在我跟Alex一起過夜的當晚，儘管我早有過我會跟他做愛的神諭，但我仍毫不感到性氣息，我到他床上的態勢完全都是，衝衝衝那樣地沒有顧忌，彷彿那是塊荒地而不是一張男人的床。

我知道他有一點擔心，那使我更得意，因為我什麼都不擔心——我不覺得我們會有性關係，其中一個原因是我根本不知道怎麼做——我就像一個跛子去滑雪勝地，完全不預期自己會從山上滑下來那樣，在別人討論會摔斷那些骨頭時，我吹口哨上山。

整個事件大約過去兩三年後，有次我在書店翻開一本夫妻性交大典之類的圖書，這才知道喔有這三種基本體位之類——這也是我和Alex唯三會用的，我甚至懷疑Alex也是臨時抱佛腳，看的甚至也是同一本書——連用出來時的順序都一樣，這真的很像他。

他有次說溜嘴，說他回巴黎找人教他，我詫異極了：「你找人教你這種事？」他一看我不以為然的程度，馬上改口。我反正是隨和慣了，也不追究。怎麼會到那年紀了才第一次看這種書？我也不知道。我之前都在讀德希達嘛，就很滿足啊，並沒有感到有這個需要呀。

Alex並不是沒有經驗，但我不懂，他在我之前，似乎一點都不知道女孩子的性高潮是怎麼回事。他跟我說：「原來跟男孩子的也很像。」——意思是激烈

---

29 Stendhal（1783-1842），法國小說家。

的程度。當時我也想反問：難道你之前的女朋友都沒高潮過嗎？但我超不喜歡談人隱私，有時Alex說到，我都制止他。他說我反正也不認識他過去的那些女友，我跟他說那是原則問題。我只知道她們在床上都不說什麼話，只有我不斷問東問西，還會加以形容與描述。Alex聽到好笑的部分，還會打我的頭——我非常喜歡人打我的頭，那是我身體中最強的部分。我喜歡它變弱。

那晚我跟Alex說要抱他，他仔細盤查跟他並躺著的我，用中文結巴地問我：「淘氣的尼古拉裡，尼古拉的爸媽給尼古拉買了一盒腳踏車，尼古拉很高興，砲去抱住腳踏車。是，是不是，這種抱？」

我說：「是啦，就是這種抱！」他喜歡《淘氣的尼古拉》，去台灣時搜集了一堆中文版本。

我在得到他允許後抱他。我才一抱住他，就被個東西撐遠開來：「這什麼？」我慌亂起來，像衣角猛地被怪手夾住懸了空的人，也像傑克．大地[30]電影中被自動化機關嚇住的主角。Alex用法文道：「不害怕不害怕。不管它不管它。」換他抱住了我。

可是我不可能不管那陌生東西，尤其是我感覺它好像有生命一樣跟著我頂著我，簡直像小時候尾隨我的月亮一樣。我鬆開Alex，趴下去查看：「喔！」——那個男人與女人生理上的大不同，那個我理論上知道它卻完全忘掉了的部位——能怪我嗎？我自己沒有這東西啊。這就是我如何與勃起的男性性器官相遇的經過。Alex沒笑我。他脾氣很好地道：「不怕不怕。我也從沒這樣的經驗。」

據說驚奇是一種最深的宗教經驗，如果這個說法是真的的話，我當時真的充滿了最神聖的驚訝與悸動——「女性中心」真的沒什麼不好的，就因為女性中心地如此徹底，男人才有可能成為某種「奇異恩典」。

我從書本知識所知道的男人，都對自己身上那東西非常迷戀，那一夜，Alex待它的態度，卻像它是不受歡迎的闖入者。我們都開玩笑地用手ㄉㄧㄚ他的東西，他先開始的。好像它是我們共同的敵人一般。我想那是他為我發明的遊戲。

---

30 指法國導演Jacques Tati（1907-1982），他的電影中的主角常被各種機械甚至對講機嚇到。

他緊緊地抱著我彷彿不這麼抱著我們之中有一人會死掉般。——那麼強的情感，真使我反感——我總是被猛烈地愛又被猛烈地遺棄。我的整個青春期都被小蜜的激情弄得悲哀不已。愛得那麼強的人，自己首先就會受不了。我從不強烈愛任何人。或者至少我這樣期許自己。愛，但不強烈地愛。

但那真是值得紀念的擁抱，一次經驗勝於十倍百倍科學與哲學：男人絕對可以終夜勃起並且不改友善。就像Alex對我一樣。強暴的神話一片一片碎掉。我們躺著聊天，我從來沒有對一個人那麼不設防過，那對我本身就是一種解脫。雖然我知道，他並不是不想要。

事情一直到這裡，都可以是一個有趣而非愛欲的經驗，至少對當時已經徹底女同性戀過的我來說，男性性器官勃不勃起，對我並沒有催情的效果。那不過是帶有溫度與硬度的一種弧形物罷了。

我眷戀的是跟Alex在一起時的輕鬆氣氛。一直到很多年之後，我才明白，那被我叫做輕鬆的東西，其實就是一種愛。不管我們如何矢口否認，不管我們如何努力逆向行駛，有種非常接近愛的東西就是會出現，不是我愛也不是Alex

愛，是我們在一起時就是會有愛，我們都是被動的。

Alex說他不愛我，我從不懷疑。我也不愛他，但有什麼用？那不是一種可以選擇的東西。我年輕時看過一部阿莫多瓦[31]的電影就說過：幸福是具有強迫性的。

法文有一字叫做oxymore，我在抱怨波特萊爾[32]的詩的時候會用到：「老在那裡oxymore，oxymore，沒多大意思。」oxymore，醜陋的美貌，老邁的青春——一種將兩個對立詞放在一起的修辭法——我總覺得那像魔術，是障眼法式的表現能力。我通常拒用。但在回想起我跟Alex的過往時，我不得不oxymore一下，我所經歷的乃是一種，我必須命名為「純潔的性欲」的這種東西。

那夜Alex突然反身，像小雞啄米般一剝一剝地遍吻我的臉，他無法停止對我表達情感。我從來不知道人可以帶有那麼多感情。那毀掉我。一個生命毀掉

31 培卓・阿莫多瓦（Pedro Almodovar），西班牙電影導演。
32 夏樂・波特萊爾（Charles Baudelaire），法國詩人。

的另一個意思就是，新的生命的開始。那瞬間的感情，我就算多活幾輩子也無法償還。

我真正被嚇壞了的是那一刻：我第一次知道什麼叫做純潔的滋味。人的經驗是什麼都要經過比較才知道：我父親拿我的身體洩欲，我母親拿我的身體洩恨，所以我對我的身體沒有什麼感情；雅蓉使我不至於變壞地保持原狀，她不拿我洩欲也不拿我洩恨，她只流露情欲但無涉純潔，她對那一向沒有興趣——這一切，我都是透過比對Alex對我無邪且熾熱的親吻了解到的：純潔的愛是可能的，Alex知道我所不知道的我心靈深處的需要，熟練地就像他知道怎麼用手撫慰他兩腿之間的東西一樣。

像解開命運的封印一般，Alex讓我知道他可以純潔，而那是我一生都在尋找的東西。不是純潔，而是純潔的能力。高達的電影《向瑪麗亞致敬》[33]有一幕說得多清楚：我愛妳，就是我把手放妳身上，我把手拿開。手運動的方向是最重要的。我愛妳，我退後；我愛妳，碰不到妳也沒關係。我愛妳，我的手可以從妳身上離開。為了妳。

相信我，這世上純潔的男人遠比我們想像多得多，他們純潔的深度也遠比我們想像的深不可測。那樣不可思議的燦爛的存在，不是知識也不是意志力所能達到的，如果容許我保持幽默感，我會說，如此這般的奇蹟不可能存在，那想必是個錯誤，只能是個錯誤。如果有上帝，我想對上帝這麼說：「如果祢願意讓這樣純潔真摯錯誤的親吻永遠留在人世間，我願意讓祢取走我的靈魂與生命做代價。」

33 *Je vous salue, Marie*（1985），導演為尚呂克・高達（Jean-Luc Godard）。

13

「妳反對婚姻嗎？」
「當然反對。」
「妳不喜歡結婚典禮嗎？」
「那有什麼好喜歡？」
「妳不覺得那很美好嗎？所有的朋友都來祝福妳，為妳慶祝。」
「如果你很喜歡派對的話，舉行派對好了，不用為舉行派對而結婚吧？」
——這是我跟Alex還在中規中矩的語言交換期的對話。
類似這種風格的對話在之後仍不時出現。
「妳對我的家具還有房間擺設有什麼意見？」

「說到房間，我只喜歡沒有家具也沒有人住的空房間。」

「這是我的稅單。」

「這是週薪嗎？」我把薪資數目念出來。

「我的天，妳至少少看了一位數。」

「喂喂喂我又不在國稅局上班。我看你的稅單做什麼，我最討厭數字了。」

根據星座專家的分析，星座落在Alex這個星座的男人，如果有上述這一類的表示，他已經想娶妳了。但是在我的例子裡，我始終不覺得我進入這個區域。有句話說：「證據雖然很多，反證據一樣也很多。」

不過，在當時最重要的考量，是我在法國不過是短暫停留。我遇到Alex時，我還沒決定是否要正式進大學讀書，如果不繼續讀，我預計留在法國的時間只剩六個月而已。我完全看不出在這種情況下，有什麼可能做長久之計。像我一開始斬釘截鐵對Alex說的：「我可以答應你在法國我們的關係，但一離開此地，我們一定不可以再有瓜葛。」

他的保守、他的家庭傾向、他的歐洲人優越感、他的精英思想——和他的關係，是我只能在自己國家以外的土地上犯的罪。即使這樣，我想我也從未真正原諒過自己。更不要說，我花時間閱讀每一份我可以得到的有關核廢料外洩的報告，而他卻和這個不負責任的荒謬體系共存榮。

——「不不不，我不能答應妳什麼，也許我以後還會遇到別的人。」Alex完全會錯了意地說。

我發現很難解釋我並不是要Alex承諾我們之間的關係，而是要他承認我們之間的關係不會擴大。而且我之所以這樣提出來，是為了想保護他，一來他是以第三者之姿陷入關係的，二來當時我覺得他不是非常會保護自己——後來的發展也許證明，我事實上是錯的，我不確定，回想起來，我當時還太年輕，我也不真的知道怎麼判斷與決定——。

會把自己異國戀情拿出來曬的，曬的通常是浪漫與感人的一面，但我知道很多不一樣的。比如A與B。

A在國內做導遊，書讀得不高，但長得很不錯，是很熟練的異性戀女人，過三十後沒有建立家庭，也就有了異性戀女人獨有的慌亂與悲痛——「我想有家有小孩」，她說——那讓我想到座敷娃娃有子那件穿了四年換不下來的紅大衣。

A在遊覽車上認識了來台灣旅遊的法國人，這人剛離婚，比她大很多，指給我們看這法國男友時，A總是有點羞愧：「是不是簡直像個老師。」意思是這人老。我看著那人的金色的假牙，知道那是任何人都想像不到的法國人。個性並不體貼——唯一可取的，可能就是他的積極以及像兌換券般立即可兌現的「有家有小孩」。A有時跟他起了爭執，為了異性戀的布局就會到我住處過一夜，我一向鼓勵女孩子向學或是發展事業，對她我沒有花力氣，我知道我的向度對她全然無意義，因為異性戀才是她所有學習與事業的重心。她對異性戀文法熟悉的程度相當於我的文學史常識，非但有問必答還可舉一反三。

她來我住處過夜「讓對方嘗嘗沒她的滋味」時，我雖對異性戀的諸手段覺得無聊，但也抱著認識不同文化的心態與她閒聊。A雖然不傻，但她似乎還是被耍了，原來，不是這男人離開他前妻，而是他前妻有了情人拋棄他，我本來以為這差別一點重要性都沒有，重要的只是「妳愛不愛他」。但根據A細膩的分析，她的法國男友一開始就對她隱瞞這一點，是要利用她來讓他前妻知道他沒有被傷，「報復他前妻」——用A的話來說。

A說了許多事件，都是她的自尊如何在與此人前妻較勁過程中受挫或不受挫，我沒有出言安慰她，徹底的異性戀女人不是一個戀人，而是一個商人加一個兵的堅強組合，她告訴我她的許多跳槽對策，從我眼中看來，孤身在國外如此鬥智鬥情緒，真是太驚人了，但我也不同情她，她比我有生存力多了。她完全知道她在做什麼。

B的情況是另一種。她在國內讀的是法文系，出來讀書時喜歡上一個阿拉伯裔的法國人，那時美國也還沒有出個歐巴馬，這關係在法國或許還可為，要是回台灣她會有的壓力她不說我們也都明白。男孩對她非常好，但她說她留在法國她沒前途，他到了台灣他沒前途——年紀相當的戀人除非男人是世家，不然總是窮的居多。「來台灣他能做什麼？連中文也不會說。」B對我說。我想了想沒有說出來：就算會說中文，也會有別的困難的。

我知道她一直和那男孩做愛不避孕，我問她為什麼，她說：「怕就不要做。」

又道：「我一直想，要是能懷孕就好了。」意思是如此就有藉口不被拆散。在我看過的戀情中，她似乎是最真的。但不知道是不是身體仍然和她的女主人一樣理智，B始終沒懷孕，離開巴黎上飛機之前，她在我住處過夜——我想那並不偶然，雖然我幾乎絕口不對任何人提Alex，但我待B時如待一個親妹妹，我自己知道，那都是因為有整個我和Alex的過去在背後。

我有次在巴黎辦件事，等待時間裡聽幾個台灣留學生聊天，他們說到有個台灣女學生和法國人到餐廳吃飯，劈頭就被餐廳女服務生臭罵，大意就是亞洲女人不要臉，專到歐洲搶男人。如此氣急敗壞的歐洲女人，想來命運是很坎坷的，她們之中比較有家產的，自有有家產的作法，如果是性欲與浪漫的需求，現在一樣有出國嫖男人的組織與文化，如果是那種「有家有小孩」的需求，當然就比較難了。過度競爭下的好鬥反應，幾乎是動物性的本能了。

我知道他們在聊的那件事不誇大。有次我跟Alex去吃飯，我不知被什麼事分神耽擱沒有立刻坐下來，餐廳女服務生不由分說插到我面前去坐在Alex面前，我在旁邊看她和Alex說了一陣話，雖覺奇怪，也不急，但想總會有個原因的。

我坐下來後，Alex一副被欺負了的樣子對我說：「她跟我說，要不是我跟妳是在一起的話，她很願意坐在我對面，跟我一起吃飯。」當時我對法國社會與文化的了解還不多，雖然隱隱覺得女服務生有侮辱我的意圖，但並沒真正反應過來：「她這樣做，不是很奇怪嗎？」我問Alex。

後來回想起來，其實Alex也一樣被侮辱了。除非是在藝文圈，異文化或異國婚姻具有特殊的籌碼性質，在歐洲大眾眼裡，和亞洲人出遊的法國白種男人沒地位，他們被當成沒有膽識或是已經飢不擇食的——女服務生一定覺得Alex很好上。難怪Alex整個人都像被摑了一巴掌般。

我因為毫無婚嫁之想，在當時只覺得像路上遇到醉漢，聽到醉話。然而這件事一定對我有影響。看來法國人還是命苦的，搶男人到這種地步，這個社會總不會是沒有問題的。我和Alex的關係使我懂得憐憫，搶人雖然卑鄙，但只是因為，人可以給的東西，不是藝術，也不是文化，這些法國社會的強項能給的。我忽然想到以前聽小拉拉說同性戀圈子之變態，一聚起來就搶伴，一搶伴起來都不擇手段，怎麼在法國連異性戀也是這種態勢——或許社會開放些，男人比較有自由做同性戀，像優美子所說的「高品質的人」又是異性戀的，供不應求了。

Alex不只一次說過他想要來台灣，每隔一陣子，只要他們公司有派往台灣的缺他就會問我意見，我的意見通常都很「中肯」，不帶感情地報告當地著名之處。我也曾問他：「你那麼想到台灣，是因為還想去學中文嗎？」

「不不，不是為了學中文，是為了在那裡生活。」

在那裡生活，是跟我一起生活嗎？我從來沒問過。

後來我終於對他說，我會回台灣把和雅蓉的關係做一個結束，我會再回法國來。我的邏輯是一錯不可再錯：兩個人我都對不起，但至少我不要欺騙。Alex馬上問：「那是為我嗎？」我回答道：「當然不是。那是為我。」我並沒有說謊，我就是沒有那麼要他，雖然有時兩人默契好起來，我也覺得那是永遠不可能再達到的美好境界。但我就是沒法想像我和Alex有不是暫時的關係。

我的直覺是對的，我喜歡上J時，就知道我想要有J的小孩，但我從來沒有想過要有Alex的小孩——或許想過，但想到時只感覺害怕不已。有個夜裡，

Alex說他想帶我回他老家，看他父親拍的家庭電影，看他小時候——不知為何，那讓我非常害怕，這事彷彿預示我會有他的小孩。那夜Alex比任何時候都主動，而我第一次徹底地拒絕他，他那宛如獻身般的性交風格。我實在太害怕了，我第二天甚至要求他，陪我去我本來要一個人去的同性戀大遊行。當然也就沒有去看什麼家庭電影。

遊行結束，我放開原本牽著他的手——我會牽他的手是因為怕他不自在，我對他說：「我們替Paul走一走。」Alex突然把他的毛衣掀起來罩住我的頭，我怕手上的氣球飛掉，笑著掙扎出來，那氣球是他幫我拿到幫我綁好的，他伸手摸我頸部的皮膚：「妳又過敏了。」

我抬頭問他：「我沒喝酒，怎麼會過敏呢？」

回到家後，我對著鏡子檢查，發現原來Alex竟然不認識他自己留下的吻痕，我不禁搖頭想道：這個人真是白玩了，連自己的吻痕都不認得。

14

有時候我們會完全忘掉所有的問題，幾乎就像普通戀人一樣生活著。

我有次在做愛過程中睡著。我的突然入睡的能力與我的安全感有關係，在我覺得特別有安全感與特別沒安全感的兩種極端狀況中，我都會睡著。那一次是因為特別有安全感的關係。Alex的過人之處就在於不需要跟他解釋這種事。我就睡著在那裡，Alex去煮晚餐。我醒來時，他在床尾雙手握著我的腳丫子：「起來吃飯了。」——像那樣璀璨的時刻，真是值得用整個生命去換，如果生命只是一些片段時刻就好了。

「妳以後啊真要多做一些練習。」他心情非常好地說道。

「練習什麼呀？」我用剛睡醒愛睏的聲音說道。

他說了。喔他說得沒錯，他說的是一個人在床上應該會的基本技術。

「但是我為什麼要練習啊？」我問他。

「為了我！為了我的幸福啊！」他又害怕又不害怕地說道。

我咬住嘴唇，忍住沒有說，可是我們並沒有未來啊——正因為沒有未來，所以更不要說這種話來煞風景。我們心情非常愉快地用餐。在Alex那，我從來不下廚。

我問他：「你把茄子削去一些皮，留下一些皮，是有什麼意義在其中嗎？」

他像個孩子般笑了起來：「沒有——沒有什麼意義在其中。」

「我所看過的茄子如果不是全部帶有皮，就是全部被削掉，一半一半的，從來沒見過。」我說。

他說：「我只是想，總要對茄子做些什麼，所以就這樣做了，確實很奇怪，我做了無意義的事。」

「所以是你的發明囉。」我道。

「是啊。是我的發明。」他道。

「無意義但並不太壞，這是Alex的發明。」我道。

我總是對一些莫名其妙的小事非常感激。比如說，我不喜歡會扎人的衣服。Alex的睡衣的質料偏偏有些刺，我從來沒說什麼，但沒多久他就換了不刺人的款式。「妳不喜歡以前那種。」他說。我還是什麼都不說。

早晨的咖啡我要很多牛奶，我也從來沒說過。有天我們邊說話邊吃早餐，倒咖啡的Alex猛然停手，整個人一片慌張，非常在意地說道：「糟糕我倒太多了。」

大咖啡杯還不到半滿，他並沒倒太多，只是對我的喜好而言倒太多——我跟他說：「沒關係。」——我的眼淚差點奪眶而出，不是因為那對我而言代表了愛，而是那份愛已經變成如此自然而然的存在。我不知道我為什麼會遇到他。

我從來不想跟Alex過一輩子，我的感覺是我們已經有了一輩子。

我變得有些迷信，有時甚至想，他會不會是我從未見過面，早死的爺爺投胎。據說我的這個爺爺是個人很好的人，他如果沒有早死，好好管教我父親，我這一生或許就會少掉非常多的不幸。我不知道如果有靈魂的話，爺爺他會不會在意我的不幸，會不會看顧我。但都聽說我長得很像我奶奶，如果Alex有我爺爺的記憶，他看到我時也許有對我奶奶的記憶在做祟，他們感情異常好，異常深。Alex到台灣不去台北單去了台中，那是我爺爺死去的地方。Alex帶我去參觀海港時，我也想，我爺爺曾經是海軍。

在我們一起度過的第一個夜晚，在夜更深以後，Alex問我說：「妳真的不想做嗎？妳的心跳得好大聲。」

「我的心跳？」果然，那聲音怦怦怦大聲而好聽——我從來沒有聽過自己的心跳聲過。像夜間鼓聲。

他問我：「妳是什麼時候來月經的？」

我笑了，從來沒有人問過我這個問題，我知道問題的答案：「十三歲。」

他笑了，再笑的時候笑得比較勉強：「我不是問這個。」隔了一下他又問：

「妳在學校學過算安全期嗎？」

「可是我從來沒用過，我是女同性戀。」我道，他那時已經知道這點了。

「可是妳總學過吧？」他問我。

「我不記得了，考到那一章時我做弊。」我為了搞笑的原因這麼說。他也笑了，他始終是有幽默感的。我們擁抱在一起，並不讓不能做愛一事分開我們。

我們在床上玩了很多個夜晚，慢慢變成我讓他碰我，再變成我對他的身體好奇。有一天他問我：「妳想做了沒？」

我不太確定：「可是沒有保險套啊！」前一次在床上，我們已經說到沒有保險套這樣的事了。

「我有。只是在車上，要我下去拿嗎？」他道，男人碰到性時似乎都變得很嚴肅，不苟言笑。

「車上為什麼會有保險套？」我問他。

他說：「因為我去買的。因為我很想要做，因為我們每次在床上都有一點點進展。」

他的坦率深深打動了我：「下去拿吧！」他穿上風衣下樓去。

我想像Alex在大白天裡，或在上班的空檔，或在下班之時，在心中想到的那個「我們每次都有一點點進展」，這一次，不用Alex提醒我，那個非常大的聲音，就是我自己發出來的心跳聲。我不說話也會發出的聲音。

很久很久以後，有個夜裡，Alex在性交時投入地特別厲害，我知道他銷魂的程度，幾乎是一種痛苦的狀態了，我的心痛比起他停手不倒咖啡那時，百倍以上，我知道機不可失。我掙脫他在我身上越來越緊的手指，他越來越亢奮的不再能叫小雞雞的雞雞。我猛然離開在暴烈情欲中的他。關掉他。背對他。扔掉他。Alex非常害怕與痛苦。他不知道是哪裡不對。他非常難受，我要他非常難受。為什麼。他問。我什麼都不說。我不說。

我們的關係不會長，這輩子太難了。但是世上如果有輪迴，我要再遇到他，我不要我們之間斷掉，在這一輩子斷掉沒關係，但下輩子我要再找回來。為此我要留給他一些線索。我要對他下咒。印度童話或是佛教故事裡出現過，在交歡時正達到性高潮的鹿被獵人射死，因為是在將到高潮的極端歡愉中痛苦地死去，所以到了來生，鹿都還記得，誰是殺死牠們的獵人。這就是我要的。

將到高潮的極端的歡愉已經有了，我不能殺Alex，但用類似的經驗迷惑他。如果真有輪迴，我是他的鹿，也是他的獵人，他在來世再見到我時，會恨，會很恨，會認出我，會因為我們未完成的性交灼熱難當，會再次追隨我到我們來世的床上。

15

有回在床上，Alex用十分暖寵的語氣道：「妳像個小孩一樣。」氣氛瞬間結凍，我質問他：「那你怎麼可以跟一個小孩子做愛？」雖然我聽到心底有一個聲音在說：這兩件事不是同一件事，他不是那個意思，妳已經不是小孩了。可是我的憤怒淹沒了我。

Alex不知該怎麼辦，他說：「我實在並沒有想那麼多。」我也知道，我不快樂，那不是他的錯。

後來又有一次，我們沿著河邊散步聊天，Alex談起他是一個「暴力」的人——在法語裡面「強烈」與「暴力」共用同一個字，意思是正面或負面，要看每一次的上下文，我當時不知道。後來我接觸的法國人多了，就知道幾乎所有的法國人都會說自己是個「暴力」的人，那差不多只是我們說的一個有脾氣的人而已。

Alex一說自己是個非常暴力的人，我就滿臉不可置信；更不了解他為了什麼原因，竟敢興致勃勃地說服我。完全只是想要表示自己有個性的Alex，自然也不明白我從什麼時候開始，就是一副「你無恥」的樣子，他試著解釋：「暴力不是指肢體上的東西，是指心智上的，精神上的。」

「真太好了！」我大怒道：「肢體上的還不夠，你還是心智上的、精神上的。你怎麼不去做一個父親呢？去做一個父親吧，你就會有非常多的機會，表現你心智上與精神上的暴力。」我對自己父親的恐懼全爆發了。

Alex跟著我，我一路對他嘶吼我的諷刺——我的法文當然不如他，但是當我生氣時例外。這個人竟然可以說自己是個混球，又保持一副小綿羊般溫馴乖巧的樣子，真是變態到極點了！

「妳不要看不起我！妳不要那麼看不起我！」他痛苦地道。我看不起他？我連法文說起來都那麼吃力，我怎麼看不起他？我第一次聽到有人用這字眼跟我說話，我壓力太大了！他到底在說什麼？害怕至極的我，把一臉迷惑、跟我大半天的Alex撇在路上就回家了。

暴怒兩小時後，我自己就明白了，一定有什麼誤會，Alex再暴力，他這樣一路讓我發脾氣也不離去，無論如何我都有不對。我打電話給他，我沒有問他更多話就道歉，我說我要見他。

「我錯了。我無論如何不該對你發這樣大的脾氣。」

他聲音裡透露著委屈道：「我要去看電影。」

「我跟你一起去。」我道。

「我要看的片子妳不會喜歡。」他說道。雖然還在生氣就已經知道撒嬌。這男人。

「沒關係。我可以看。」我道。這種讓步在我一生中非常難得。

「我還沒吃飯。」Alex最重視一日三餐，他這樣說就是已經不生氣了。

「那就一起吃。」我馬上道。

我們約在我們第一次見面的那家店，平日並沒有很多紳士作風的Alex竟已經幫我們兩個人都點好餐，坐在位子上等我——他對我已經非常了解了，我會挑剔看的電影，但對吃的東西一點都不在意，點什麼都可以。我更難過了，明明是我是來道歉的那個人，他做的事卻像是他是道歉的那一方。

我坐下來，他說：「我以為妳永遠都不見我了，那對我的刺激實在太大了。我什麼事都不能做。」我原本等待的是他會對我責備與批評，他說的話完全出乎我的預期。他繼續說道：「我試著去床上睡覺，看看會不會好一點。後來是我媽打電話給我，我才稍微好一點點。」他一定有什麼特別之處，他家裡的人似乎都保護他不要受太大刺激。

我伸手輕按他的眼眶下方，表示我知道他哭過了。我沒有說話。

「妳說的那個東西是對人施以酷行，我不是說這個。」他道。

「酷行？」

「而且說起來如果是誰要在心理上折磨對方，妳比我有辦法多了。」

他變得像他一向絮絮叨叨，不是十分會說話那樣地說個不停了：「我要跟妳說的是，有一次我去辦事，辦事的人故意刁難我們，明明還是上班時間卻不肯把東西交給我們，幫我們辦，我就大聲對他說，他到底要不要幫我們辦，他要不辦，我就要生氣了，結果那個人就幫我辦了，跟我一起去的那個人什麼話都沒說，是我說的。所以我說我是一個非常『暴力』的人。」

就這樣？這麼「暴力」？

Alex一向跟我說非常多他人生中發生過的事。他小學時有個老師問昨天誰沒做功課，他舉手，老師就教他到前面去解題。他覺得被這個老師耍了，一直記到今天。我問他，你們功課也可以不做的啊？他說可以。有些功課是不一定要做的。所以可以看每天要不要玩，有時做有時不做。我又問他他抱怨老師什麼，他說他以為，老師應該要叫有準備的人去答題才對啊。

他八歲那年去參加兒童棋賽，回來後他媽媽一直高興地誇，Alex好棒下棋得冠軍，但是Alex記得：「我得的明明是亞軍啊！」Alex上有姐姐下有弟弟，他母親對Alex的態度似乎混合了極度關心與極度漫不經心，有什麼原因使他弟弟比Alex更需要母親，Alex又沒姐姐機靈，對於如何分到關愛這件事，Alex似乎吃了不少苦。他到底是在一個充滿愛心或是漠不關心的環境中長大的，有時我也很狐疑。

他讀大學時，有次大家都去遊行抗議，只有他留下做個很難的解題，結果教授因為大家都去遊行，那個作業就不算分了，他問我：「妳看我是不是早知道也跟大家一起去遊行就好了。」我當時很反感，怎麼會連這種某一年教授算分的小事都記得那麼清楚，我過早在社會上歷練，一聽人回憶學生時代生活，反射性就想到「溫室裡的花朵」這類詞語。我想到以前做小學老師的阿姨抱怨過她一年級的學生：「連在地上撿到一塊錢都一定要來報告老師。不給他報告都不行。」

當然還有他和女孩子的關係。最初我不覺得和Alex有太深的關係，可以置身事外地聽他說。後來自然比較難。但我不是單身，跟Alex「不是戀愛」，又沒有要爭取他的意思，所以總是沉默聽聽。偶爾還會幫女孩子說兩句話。Alex說：「我從來沒有聽過任何一個女孩子會幫另一個女孩子說好話的。」我沉默，在我沉重的犯罪感中：那不是女孩子壞，那只是說明了Alex是那一種男人。他是一個把挑撥女人視為自然權益的男人。最糟的。

Alex問我：「我跟妳說這些事，妳會難過嗎？」

我老實地回答：「會。」我又說道：「但是我是知道規則的。」

我的意思是雙重的，一是我知道Alex在使用心理戰術；二是這就跟寫作技巧一樣，效果都是因為人在意才會有的。我難過，但又沒有那麼難過，因為一切還要端看每個人怎麼看自己和規則的關係。我難過是因為我知道我可以難過。

我不知道Alex理解到什麼，他一副辣手摧花的臉色那樣對我用力說道：「那就原諒我對妳使用規則。」

雖然我們都同意我們的關係不會長久，但是我們關係的前提是什麼？我以為如果那個前提是今朝有酒今朝醉的享樂主義的話，應該盡可能地不要讓對方難過，因為沒必要；為什麼Alex一定要讓我難過呢？不過細想起來，這也是一廂情願的想法，既然關係不長久，難不難過又有什麼差別呢？現在的我是這樣看的：傷害並不是傷害的重點，他只是必須透過傷害來表現妳對他沒有拘束力——妳給他的自由他並不要，他自己得手的東西才算數。

我知道自己正在一種非常危險的環境中，Alex對於人可以容忍的事物範圍，與我並沒有共識。我們的人生情調非常相反，我認為傷害人是藝術性的失敗，幾乎像是舞者對錯誤舞步的重視一般，能免則免。很多年後我讀到殺了妻子的法國哲學家阿圖塞[34]的回憶錄，我感覺非常難過，他的妻子曾要求他不要對她描述他跟其他女人的性愛過程，阿圖塞卻如何都做不到。他有病。他真的有病。這不是一句罵人的話。

我聽一個巴黎的精神分析師提起過，拉崗曾經試著分析也就是幫助阿圖塞。如果是以一種非常巴黎精神分析的態度面對無論是阿圖塞或Alex，一切簡單地多，「這是一種徵候。」我會說；或者說：「典型的焦慮吧。」又或者：「你的夢？」──那是在巴黎。

巴黎，誰都關係混亂誰都在做精神分析誰都喝喝咖啡看看電影然後在博物館中的一幅畫中找到自己存在性的出路。但是那年我在南特──並不是說南特就不精神分析，那是一種氣氛的問題，在南特總有人會說：「我的小姐，

34 路易士・阿圖塞（Louis Althusser），法國哲學家。

那是巴黎。精神分析，那是巴黎。」更何況，持平而論，需要分析的也不只是Alex，我為什麼還不走掉呢？我試過幾次。

「她所要攻擊我的並不是我，而是我所象徵的東西。」很多年後我的精神分析師曾對我做的這一描述表現出相當贊成的態度，我發現在許多傷害性的事件中，這句話都非常準確與適用。我相信我對Alex象徵了非常多東西，比如說父親：他父親寫書，Alex從一開始就對我寫書一事非常關切。

是不是無論在任何時候，都應該保持一種精神分析式的態度呢？在我的時代，人們還會有這樣的疑問。但我相信在不久的未來，人們會接受精神分析如同今天我們每晚刷牙。我從來沒有想過，Alex的存在也有另一個意義，他是我前精神分析時代的最後一個人物。我記得在那時我對朋友說過一句話：「我不分析他，我愛他。」——但我即使在上面這句話中，我所使用的愛字並不意味著男女之愛——至少在意識上我是這麼看待的。

Alex在後來說過一句類似但不同的話：「我也許很知道怎麼分析妳，但我不要做妳的心理醫生。」——在當時我把這句話當成Alex不管我的一句話——後來我才想到這話也許也有不同的涵義：把Alex放在一個類似精神分析者的位置上對我也許是最有利的——但是那意味著他會無私地幫助我，他的所有異性戀男人必勝的戰略與信念都會動彈不得——更何況我們一開始就錯得厲害，我們的性關係從頭到尾就是一場混亂，雖然在意願上雙方都是清楚的要的——但仍然是清楚的——要的——並且混亂的。

在這個心智上艱難的狀態中，我找出三個生存的技巧：不好奇、不詮釋、不記得。一個人只要把握這三個原則就可以不受太大的傷害，我經常默念這三原則。每次我要走，如果是明說的，Alex總找得到方法使我留下來，比如他說「我們可以不要很常見面，但是不要斷掉」；或者「見面時我們不要使關係深入，讓一切都保持在非常膚淺的狀態」；又或者「我們不要有任何關係，只要偶爾出示彼此存在的事實」。

有次在我們「膚淺地出示彼此存在事實」的見面時間中，Alex顯得非常幸福洋溢，他是如此雀躍，使我覺得他已大大超過膚淺的界線，我想都沒想地譴責他：「我們說好了這不是一個愛情的關係，但是你這樣高興，你這樣高興，你覺得這還能算是一個不是愛情的關係嗎？」

——這話我是用法文說的，用中文大概是說不出來的：這什麼邏輯啊？Alex一下臉都白了：「我說過這不是愛情關係這就不是愛情關係，我沒有高興。」後來我又發了脾氣，我覺得非常奇怪的是，這反而激起Alex的性欲，他非常想做，他來抱我時，他下體好沉，彷彿灌了鉛可能從他身上脫落般。我不肯跟他去他床上——他表示君子起見都會給我另鋪一個床，只是那用處並不大，人是有腳的動物，從一個床到另一個床並沒有那麼難。那夜我堅持著不去他那裡，不管他翻來覆去弄出多大的聲響，生氣中做愛實在太奇怪了，還有，我總要做一些什麼事，表明這不是愛情吧。

這樣奇怪的狀態很奇怪地是也不難結束。有次Alex發難：「我不要妳留在這裡，妳在這裡我什麼事都不能做。」

「是嗎？」那是一個星期天的早晨，我正在抽菸，秉持著我的三不原則，我答應他：「我把菸抽完了就走。」

我菸還沒抽完，Alex就改變主意：「我們開車子出去走走好不好？」

稟持著同樣的原則，我毫不訝異地說：「我把菸抽完了我們就出發。」——我愛他，那是我唯一可以給他的東西，當我可以說好的時候我都說好。我們在人生上的不能相容，不是我的也不是他的錯。

我還記得那天。我們一直開到聖拿煞港去參觀潛水艇，我不知道這有什麼意義在否，也許完全沒有。我對參觀任何東西幾乎都有興趣，我只記得我當時專心聽導覽員講解潛水艇的種種，Alex甚至一再發問，就像一個《淘氣的尼古拉》中的小朋友一樣——那情調是我從小熟悉的：知性的、好學的、充滿文化氣息——如果我沒有被我父親侵犯，我本來會一輩子都待在那種氣氛中，和一個與這氣氛相容的男人成家，在我們的家庭中再複製繁殖一樣知性好學的世界——但是那個世界於我已完全破裂了，我再也、再也不可能只因為一個男人帶我回到我熟悉的童年情調，而感到幸福。把我自己毀滅掉，已經是最好的夢想。

我記得我當時還對潛水艇做了一個評語：一個東西從外部看與從內部看，差別沒想到竟是那麼地大——現在想起來，那說的真像我們的人生。

本來，光憑著Alex和我在同樣年紀時都讀過翻譯的《菊花與劍》，那本老老的描述日本的人類學著作——光憑著這樣的偶然與巧合，我就會想嫁他了——但是現在一切都不同了，知性的好學的我的家庭同時也是黑暗與殘酷的。我和Alex在一起，我偷窺我原本或許會有的幸福，我偷窺我自己失效的命運，我使自己看見：那所有所有的失去。

回程上車前，我問他要不要去看電影？那是一部片名中有月亮的片，快要下檔了。我知道他一直想看的，在看電影時刻表時就幫他留意了，如今想來，電影時刻表正是一切錯誤的開始。我跟他說：「你再不去看就要下片了。」他出乎我意料地低調，他說：「我不是每次都非要看電影不可。」我喜歡看電影，原因就是那不用與人互動，我覺得被Alex看破我的伎倆，只有默不作聲。

回程上我發現我的包包裡有個卡帶，那是電影《少年ㄟ安啦》的電影原聲帶，我唯一帶去法國的錄音帶。我不記得為什麼會在包包裡發現，也許我借給同學聽，他們還了我，所以才會在包包裡。我問Alex我可不可以放來聽，Alex說好。

我們就在車上放了來聽。Alex說他以前在台灣時好像也有聽過，那時有人帶他去KTV。我跟他說我最喜歡蔡秋鳳那種哭調仔，他說他在泰國實習時也有聽過類似的東西。放到最後的〈夢中人〉時，我想台語他不懂，我就翻成法文說給他聽：「這首歌，說的是一個非常非常害羞的男人，他無論如何，都沒有辦法，對他所愛的人說出，我愛妳，這首歌說的——。」

Alex彷彿反對我的翻譯似的打斷我，毫無預警地，他用中文一遍又一遍地說道：「我愛妳我愛妳我愛妳我愛妳——。」我不知道他重複同一句話多久的時間，在感覺中，很久。那似乎是Alex唯一一次真正的、全心全意地射精——。也是最後一次。那一定非常美妙、恐怖。他的量那麼大，出來得又那麼快。Alex就像一個壞掉的吃角子老虎在排山倒海。那嘩啦嘩啦掉出的錢幣的音樂攻擊了我、嚇我、並且淹沒我。那是性。我比一生的任何時刻都要痛苦。

車子繼續向前行。車子裡面的人充滿了車禍的味道。要知道，雖然我是那麼那麼地喜歡錢，但是沒有人，沒有人，沒有人能夠把一台壞掉的吃角子老虎帶回自己的家的。這是多麼，多麼地悲哀。

第四部　結束吧結束

阿尼西謀暫時離開了你，也許是要你永久留著他。

——《新約聖經：腓利門書》

1

如同我們的開始沒頭沒腦，我們的結束也難登大雅之堂。我似乎還因此得到靈感，想要教Alex「始亂終棄」這四個中文字，我已經不記得自己教了沒，我想就算我教了，他應該也沒學會，這對他當時的程度還太難。

對於那整段過去，無論美好或是不美好，我都不喜歡回憶。如果我在日記上寫到自己因某事想到Alex，多半是為了警惕自己，就像我也會記下自己感冒、月經痛或犯過敏這類生理違常，要自己注意休息或飲食的重要。

我甚至沒有和我很喜歡的室友克莉斯汀保持聯絡，只因為，我想在事隔多年後，她反而會問：「妳的Alex如何了呢？」而我可能會哭出來。只要有一個人還關心妳，妳就不可能保持足夠的堅強。越少人知道Alex的存在，對我越好。

所以，是不是連我自己，慢慢也變成不知道存在有Alex這個人了呢？

當時我們所有室友共用一支電話，Alex打給我時，有時是克莉斯汀接的。從克莉斯汀對我的態度我知道，Alex盡力要讓她對他保持良好的印象。克莉斯汀是我喜歡的人，我們之間是有感應的，這也是為什麼她總是關心地看著我，卻從不問我什麼。這是女孩子之間的默契：我所遇到的困難想必非比尋常。我多麼想念克莉斯汀！在我因為Alex而間接失去的人事物中，這是最讓我痛惜的。她是那樣善解人意又溫柔！

在視覺藝術的教材中，有個圖案常被舉出來當成人眼錯覺的例子，那是一個有時可看出鴨子有時可看出兔子的圖案。如果說鴨子代表了關係中的不愛，兔子代表了愛，我們要怎樣給這樣一個圖案一個名稱？也或者，無論鴨子與兔子，都是虛幻，都不曾存在。

除了用電腦寫的日記外，我有隨手就記下的札記。當我翻閱時，我對與Alex有關的片段如此之少，感到心驚。如果不是因為我在那段時期寫了一些長詩，許多當年我以為永誌難忘的事都已變得斑駁不清，殘缺不全。

我知道我可以信任這些詩。當年我是以盡可能準確的方式記錄我從Alex處得到的感受——札記的比重當然反映了我人生關心事物的優先順序，那當中最多的是小說的草稿、對電影或小說的批評、購物的清單、要看的書以及夢的詳細內容——最後一項，實在是因為不記是絕對記不得的。

在我的想像裡，我應該可以在這好幾本的札記裡，找到更多與Alex有關的東西，雖然我的小說並不忠實反映我的人生，但我如果可以找到一些具體的痕跡，我想將可以使我下筆時更嚴謹。寫作畢竟不能代替人生！關於Alex，我寫了些什麼!?在六、七本寫得密密麻麻的札記裡，我只找到了四、五則，可以完全確定與他有關，如果把札記中的暗語翻譯出來，大概可以得到下面這些內容：

在我們都離開南特後的兩年後，我寫了一個這樣的句子：「奇怪了我在巴黎也不見Alex，為什麼坐飛機回台北時要覺得是種離開呢？」這句話前半抱怨了飛機上的餐點，後半部這樣寫道：「寫作可以得到精神內部的大穩定，但不足以強大成可以與外界接觸時來去自如的逍遙。」這是在飛機上寫的。

在這個自我評論的一年前有個比較長的描述：「昨日大哭，起因有點忘了。因為感覺就像對所有愛過的人，（愛過的人的名單），對Alex，深深的愛戀終會在時間中漸漸消失。不過如此，為什麼哭呢？因為感覺到活著。」接下來是對一部電影長篇大論地稱讚，作為我自己的讀者，我實在覺得這個Alex，放在對電影的狂熱前，簡直看不出有什麼重要性。

在這一則的一個月後，我找到另一則：「侯麥是了不起。（我記得那是因為我有感於他能用很少的錢拍好片子）勉強去生活，也會有好報的。要注意健康。『想像一下你對中文一知半解，對我一知半解，對歷史一知半解。』（我記得這是我為某個創作概念而開始的草稿）今天有想到Alex，我仍然要純直地過我的人生。（我無論如何都想不起來當天發生什麼事。）」

我的初戀情人小蜜對小說家有種敵意的態度。在她不太準確的描述中，我捕捉到她的想法：寫作使人不誠懇，因為沒有任何寫作可以不預設讀到的人的感覺，所以必定在一開始就虛假。

在小蜜發表這個感想時，我並不以為然，我深層的想法是：我從一開始就是整合成可以面對人的人，這個必須面對的人甚至不需要實際存在，我總是可以面對自己的，我認為我沒有隔閡感。我認為，只有這種總是在面對自我的人才是我所謂的人，一個人如果是這樣，就沒有她所謂的虛偽的問題——。今天我對我年少的單純當然是咋舌稱奇的。

以Alex作為一個實際的例子來反省，我發現我的真誠受到非常大的考驗：我不是因為欺騙而不寫，不是因為驕傲而不寫，但我還是因為別的原因而不寫——我確實是想遺忘的，因為我怕發瘋，我活下去的欲望阻撓我記得他。

讓我來到記憶的禁區。我和Alex是在十二月時遇到的，次年六月我的學期結束，公寓一年的租期也到，在我搬到另一個住處之前，一個去旅行的日本女同學將她私人宿舍借給我住，我在那裡會住兩星期，然後我就會坐飛機回台灣，辦理包括與雅蓉分手以及出版書等許多事。一個月後，我會再回到南特。

我對未來的計畫原則上並不包括Alex。我感覺自己是一個誤入歧途，但終在同性戀路上的同性戀，也許我更偏愛獨身，Alex嚮往的婚姻家庭，我連想都不曾想。回想起來，我當時還非常掛心我的寫作，我對短篇已經駕輕就熟，我剛開始摸索長篇的技巧，那需要極大的專注力。但我很高興找到Alex所說的，一種互相出示存在的關係。我打算留在南特不去巴黎，顯然也因為我偏好這種有距離的關係，覺得那可以使我和Alex之間更具存在性的本質而非感情連繫。我沒有不相信Alex，但也沒有相信他。

回想起來，Alex或許一度對我可以去巴黎抱有過希望。但是我後來去了巴黎的原因卻完全與他無關，那是生命中幾個意外的累積。

我在南特時，去過一趟巴黎拜訪老朋友，去之前Alex對我們「不是戀愛」的說法已經鬆動。他說更多相反的話。我也知道他希望巴黎可以給我好的印象。他甚至幫我預備了巴黎的地鐵圖。臨走前，他把穿在身上的衣服脫下來送我。不過他是那種步步為營的人，他所想的倒不是他要對我如何付出，只不過純就戰略而言，在巴黎他會更有優勢我會更弱——他的人脈、朋友或從小到大的戀愛對象都在那裡，我會更孤獨——。

他在我面前提到過他媽媽跟他說，他已到了該搬出去住的時候了，他看著我，我知道這不是他報告流水帳的那種時刻，我沒有接他這個話，他就說：他最好是去住到朋友家去，撿現成，像跟Sonia住就是很不錯的打算。又是他那種不懷好意玩世不恭的態度，我就笑了。他是真有這種惰性與依賴性。

Alex這種掛在口中的女性朋友名字大約有四、五個，我比較注意的有一個，我滿確定Alex對她非常愛，叫Betty。當時我倒沒有注意到自己會在意這些，就是已有戀愛之虞。Alex雖曾說過Sonia是他女友，但他感情上都傾注在Betty上，我不知道Sonia的存在比較像什麼。

在我待在南特的最後一個星期，我從借來的住處打電話問Alex要不要過來，他很高興，開了一陣子車子找了來。我們聊著分開後的打算，我們可以寫信，他要我從台灣給他帶一部中文電腦或是中文鍵盤，我很抗拒，雖然知道朋友之間也有這種貨暢其流的作法，但我就是覺得這太親密，所以這也太冒險。我馬上就推辭了，我在報上看到再等幾個月後電腦會大減價，我就用這個理由說，現在不是買電腦的時機。後來我從台灣回南特，他說他的朋友都對他說，我要是愛他的話，一定會給他帶中文電腦。

無論如何，總之就在那一天裡，Alex突然說出來，他和Sonia上床了，他回巴黎以後和Sonia的關係應該不會有問題。我很慌，我首先想到的是愛滋。我並不是說從Sonia那裡一定會有愛滋，但Alex如此經常告訴我沒有人要跟他上床，我在心理上對我們的性關係有一對一的錯覺，我對安全性行為的警戒已大大降低。如果因此死去或是得到愛滋，我永遠無法原諒我自己。

我好像又死了一次。

2

我首先想到的是愛滋。

但在首先的首先，還有些別的：極其古怪、難以捕捉、卻又萬分真實的感覺。我之所以對我與Alex的關係閉口不談，這是其中一個原因。我是在那一刻確定了Alex對我的愛有多深——這感覺深深震撼我。這實在太過離奇、太違反常識也太不可思議了。我怎麼會有那麼荒誕不經的想法呢？

所謂奇蹟就是石頭變成玫瑰花，不是玫瑰花叢中開了一朵紅玫瑰。

如果說有什麼東西在往後折磨過我，那個東西不是我們名為背叛的東西而是愛。我在理應感覺到背叛的時刻卻感受到愛。很久以前，我不知在哪裡讀過一句話，那句話說：「猶大愛耶穌但是恨人類。」

我到現在還不懂這句話真正的涵義，我也不懂猶大。但我知道寫出這句話的人認為，這是詮釋猶大背叛耶穌的理解之鑰。猶大後來甚至上吊死了，我更覺得他難以捉摸。他悔恨。我當然也不懂，但我感覺總有一天我會懂。猶大出賣耶穌一事對我有很大的幫助，我離耶穌當然差遠了，既然耶穌都會被出賣，我被出賣更不算什麼。耶穌和猶大沒有結婚，所謂出賣也不是因為Alex和Sonia有性關係，或別的其他什麼。

在第一時間的混亂中，我把Sonia和另外一個女孩子搞混了：「你不是說她怎麼樣也不肯和你做嗎？」Alex說了另一個女孩的名字，他說是她不肯和他做的。事實上，Sonia是Alex很多年來的朋友，他並不是非常佩服她，但是這種並非十分欣賞的狀態，往往是很多關係重要的黏著劑。

在《空幻之屋》中，阿嘉莎描述過這種愛，我們都以為男主角愛的是與他互相欣賞的雕塑家情婦，但只有這個情婦知道說到愛，男主角愛的還是在他面前比較狹隘與卑屈的妻子——這個妻子並不真的像他所看到的那樣，只是在他們的關係中變成如此。他對她的感覺雖然是負面的，但卻也是奇怪地不可或缺的，她比較能夠屬於他。這也是我對Sonia的感覺。

Alex是確實愛著Sonia的，雖然那與我對愛的定義完全不同，但那並不是一個偽裝的關係，Alex其實覺得Sonia跟他比較像。他會誇獎Sonia，用一種誇張的寬大態度——我也是這樣對待我深愛但沒有事業的朋友——我確實知道她們的優點，也不願意用世俗的方式評斷她們。沒有人會誇獎像我這種女人。——靠獎懲制是無法塑造小說家的。我們是第一個自外於他人評價的族群。

有一種典型的異性戀女人並不弱——她們集所有優點於一身，但完全不在獨立中發揮自我——換言之，不是匱乏而是豐饒的——豐饒的殖民地。我碰到我和Alex關係中最一氧化碳窒息最無底深淵的一面，不論我和他的實際關係是什麼，他和Sonia的關係永遠可以使他對任何人說：看！我是一個殖民者。我是男人。我殖民不了這個女人，我殖民另一個。殖民是成功的。

在柏拉圖的時代，主流思想認為如果沒有人擔任奴隸的角色，就沒有人能發展文明，所以奴隸是絕對、絕對必要的。在一個我所不知道的時空裡，也許也有人拿著顯微鏡觀看我們，或許也做出類似我們對柏拉圖時代的描述——

Alex渴望男人的特權，那跟柏拉圖時代的人對奴隸制的信仰是差不多的。雖然當他碰到主張人皆平等的蘇菲主義者時也會一時迷惑，想要慷慨就義——但那畢竟限於一時。這或許是除了鴨子除了兔子以外的另一個圖案。

在我稱為我們「結束時代」中的對話中，Alex有次曾對我說：「Sonia對我很接受。」這句話的另一個意思是：為什麼妳不能像Sonia那樣對我毫不保留地接受呢？我想到一直拒絕Alex的Betty。

Betty或許如Alex所說不是非常優秀，做的工作不太有趣，在找男朋友一事上循的標準也還是傳統的，但她和男人間的關係是強國或弱國間的外交——不是完全殖民的。Alex選擇的如果是Betty，我會有輸掉什麼的感覺，但僅止於此，我的靈魂不會感到晦暗、虛無。Sonia代表的，卻是我完全不要進入的領域。——不過這些真是廢話。那是Alex的人生，不是我的。我從他那得到的印象，也不見得就是真實的狀況。不過，我那時還不知道的是，從此以後，Alex對我而言，已成為一個死去的人。他死在那個夏天，就像一句流行歌曲的歌詞。

3

關於愛情，我有一個自己的理論。我認為，這個世界上存在兩種愛情：一種是神祕的愛情；一種是比較不神祕的愛情。

當我將焦點集中在Alex保守，是個歐洲中心的異性戀男人，並且持續想著他多麼容易人云亦云多麼隨波逐流等等，我所做的事，不是觀察，而是對神祕愛情的逃避與抗拒。

當Alex嘗試暗示我和他結婚可以使我得到國籍，他可以對我的寫作事業有所幫助，當他選擇以低姿態利誘而非情人的身分向我招手，他所做的離譜的努力，並非表面上所能看到的「低級沒品」，而是，可憐的他，也在緩和與擺脫愛情的魔力與綁縛。

我不知道是不是因為我寫作，或是因為我來自同性戀，我感覺我面對神祕事物，遠比Alex鎮定與冷靜。寫作與同性戀的神祕都是非常大的，雖然今天會有如「同性戀文化」這樣的詞語，但是我以為文化對戀愛的真實而言，永遠是落後與言不及義的——。

戀愛的人發明戀愛，然後這個戀愛就在文明中消失，無論是之後婚姻產下的小孩或是戀人寫下的愛的詩句，這一切都留不住戀愛——就像埃及人的木乃伊保存技術，那留住的不是生命，而只是對生命的感受。戀愛是永無作品的創造。它是創造恆久的最最高級。

在希臘神話中，打算另娶公主的積遜對米地亞說，米地亞對他並無恩情，曾經救他的不是米地亞，而是使米地亞愛上他的愛神。雖然殘酷，這是多麼發人深省。積遜恨的不是米地亞而是愛。他如果不愛米地亞，他反而可以對米地亞親切——古人為政治與金錢結婚並不是那麼不智的，面對愛的神祕，人可以比任何猛獸都殘暴，就像看到幻影發了瘋的狼一般。

在我們都清楚到底誰是Sonia之後，Alex忿忿不平地對我說道：「我很可惡，我知道妳一定會想我是非常可惡，可是我不管，我想要有一個女朋友。」

我忍住沒有莞爾一笑，他的態勢好像一個小孩在談他的棒球手套或是足球隊：「我不管。給我買棒球手套。我不管，我就是要加入足球隊。」

Alex等著我對他大發雷霆或是破口大罵，他邊偷看我的臉色邊繼續說道：「我知道我很壞。」

我說：「別這樣說。這不是真的。」

我感覺自己好像站在泰國拳的擂台邊緣，雖然我對拳擊一竅不通，但是我發現，只要不站上去，Alex將永遠不明白。我忘了我怎麼說的，但我說了一句話，表示他可以在我和Sonia之間做選擇，我也願意做他的女朋友——從我知道他和Sonia上床起，除了愛滋，我想的一直都是Alex糟啦，他愛我愛到糊塗了，這傻子做了傻事。雖然我知道解決之道並非做他的女朋友，但當時我想不出別的辦法安慰他點醒他。我並不想打泰國拳，但如果那才是他要的，就這樣吧。

Alex鐵青著臉，聲音像練習不足的花腔女高音可怕地溜嗓般道：「妳是說妳可以說服我妳比Sonia好囉？」

如果不出拳，不知道閃避，一個從未打過泰國拳的人在台上的自然反應會是什麼？「算了啊算了，就當我從來沒說過。」——我道。跳上擂台的壯舉已用盡我的勇氣，我的表現可以說是，才站上擂台兩秒鐘，就嚇得從台上跳下來！不過那兩秒鐘，我是絕對真心的。愛是人生最重要的事，我做到了。

在這之後我對Alex道：「我受了驚嚇。我覺得害怕，你可以留下來陪我一下嗎？」Alex要我跟他去他住處，他第二天要上班，他從他住處開車去上班，對他比較方便。

在他車上，我突然發現我忘了帶牙刷，我很懊惱，這表示我真的受到驚嚇了。Alex看了我一眼說道：「沒關係，妳可以用我的。」怎麼可以用別人的牙刷呢？Alex真是胡來。

他又繼續說道：「我和Sonia的事，不會影響到我們之間的關係的。」

我真的生氣了：「什麼之間之間的，又在亂說了，還什麼我們之間。」

他搗了一下自己的嘴，道：「不說不說，我什麼都不說，妳不要生氣。」語氣中對我極盡安撫護衛之意，讓我想到他要我不要害怕勃起陰莖的第一夜，讓我想起他以為我會在他浴室自殺的那一晚，Alex啊Alex，現在的問題，已經不只是說錯話表錯情而已了，一切都要糟了。要糟了。

到他住處時間已晚，我們都趕緊睡下，他已經很久沒有替我鋪另一張床，我也已經習慣睡在他身邊。與剛才在拳擊擂台跳上跳下的經驗比起來，就此躺下睡著，真是容易多了的人生。

我們躺著這才體會到什麼是我們的盡頭，無論Alex多想碰我，我們之間都不可能了，他已經將我送達到他所不能到達的地方。如果我沒記錯，我很快就睡著了，在睡著前仍可以感到Alex不知為了什麼不停地輾轉反側，這是你自己選擇的喔，我既沒有喜也沒有悲地想道：我再也不能幫你了。夜裡我在惡夢中尖叫了，神智不太清醒間，我知道Alex一直沒睡，他緊緊抱住我輕輕地拍我道：「我在這在這。」他是那麼真心。是的他是在這，但有什麼用呢？一切不就是因為他在這嗎？我沒有說出來，我很快地又睡著，說也奇怪，我始終感覺到安全感。

第五部　結束後的開始

也沒有死掉　也沒有發瘋

——普希金《葉甫蓋尼・奧涅金》[35]

35 普希金著，丁魯譯，《我們是自由的鳥兒》，愛詩社出版事業部，二〇〇八，頁二四七。

1

人要擁有一份回憶，需要的是一個適合的座標。一旦座標不對，回憶之物要不是大得看不出它的形狀，就是小得看不到它的存在。我後來稱我知道Alex重拾他和Sonia的關係為「關鍵事件」，原因在於此一事件，大大混淆我選擇座標單位的方法。我不是看到太大就是太小的Alex。

去描述在那之後，Alex如何繼續向我示好或我們之間發生的事多麼感人，對於我的自尊或許可以有諂媚的效果，然而那，如同有次他對我們感情的評價：「那是一種瘋狂。」我也曾問過Alex：「當我告訴你我愛你時，你的感覺是什麼？」他在電話中回答我道：「我覺得非常憤怒。」我吃了一驚，我在當時把憤怒與暴力連在一起，我無論如何不要引起任何人的憤怒的，我不再喜歡我們曾有的默契。許多事物開始變質，變得醜陋，包括我自己在內。

Sonia在某種程度成為我的護身符，只要我質疑自己是否在對Alex的關係中犯了錯，Sonia的名字變成我不需要思考與煩惱的最佳藉口。換句話說，這個「關鍵事件」使我在心情上變得輕鬆。這個態度也許並不對。在此之後，我愛怎麼對Alex就怎麼對他，沒有任何人可以責備我不負責任——除了我自己之外。

大體而言，我混亂了一陣子，也有不少讓我自己羞愧的表現，比如說和Alex兩人在街上大吵，比如說互相退還給對方收到的禮物，等等，等等——我一度後悔自己沒有絕一點，更早開始不聯絡，或在占上風時離去——我沒有對Alex使出我比較悍然的那一面，究竟是錯或是對，這事或許要到我們都死後才能蓋棺定論。

我們在巴黎見過的幾次面，不管過程是友善或是火爆，最後的影響仍然是壞的。Alex繼續說他想要介紹Paul跟我認識，但我對於被納入他的生活圈比過去更抗拒，並不是我那麼在乎他跟不跟Sonia做愛或成為男女朋友，而是我對Alex沒有信心，就像張愛玲說的，胡蘭成會非常高興把她描述成他的一個妾——

Alex即使單獨一人沒有那麼惡劣，他所在的環境仍然會鼓勵他這麼想與這麼做的——現在我和他的關係就像他打贏過的球賽一般，他只想著那是他實力的證明，他只要用炫耀的方法對待此事即可。我曾說過我在和他的關係中，我並不想贏，但我後來也才發現，輸了確實還是很麻煩。

我忘了有次是在什麼樣的狀況，我最要好的一個朋友問我，如果我在街上偶遇Alex我怎麼辦？我回答道：「這哪有什麼怎麼辦，我就裝作不認識。」我沒想到，這件事比我想像的還要容易到來與發生。

從前我在看言情小說時，常常很困惑於下面這種情節的真實性：想要報復的女主角，在被拋棄後往往會有一些驚人的好運，比如毫不費力地進入一流學府或是變成什麼總裁，我以前總以為那是假的，在真實人生中沒有這樣的事。然而，回想起我在「結束時代」後所碰到的事，我忽然發現，我的人生竟也可以套入言情小說的公式了。離開Alex後，我還真的好運連連。

清晨走去搭地鐵的路上，我想到我終於擁有的新生活，那絕不是耽溺在和Alex的關係中的女人所能擁有的，雖然還是有一點心酸，但更多的是滿足與驕傲：「多得他不再愛我。」

我最後一次看到Alex是個偶然。那時我已進入巴黎的電影系中讀書，我和同學們相約了去北邊的一個公園看露天電影。我們一群好多人，一起走在人行道上，經過一個露天咖啡座，有個男人對我說：「日安。」那人有種被雷轟的表情。

我禮貌地回答道：「日安。」我腳下不停地向前走。

他繼續說道：「妳好嗎？」雷轟的表情有閃電光。

我公式化地答道：「我很好。謝謝。」我沒認出他是什麼人，他已經消失在我們眼前。我把那當成碰到一個奇怪、多禮的陌生人。巴黎什麼都有，我根本不驚訝。

幾秒鐘後，那簡短的對話在我腦海中迴響，有什麼東西不太對勁，那人的倉皇失措令我感到熟悉，我抓緊了和我最要好的同學小鬼的衣袖：「剛剛那人是Alex，我沒有認出他來。」

——說完我整個人差點暈過去，Alex還活著。他沒有很大的改變，我完全沒有假裝，我雙倍地實現了我自己的預言：我真的認他不出來。就那麼簡單。

2

寫作《愛的不久時》的念頭很突然。我剛完成一個超級長篇的寫作大綱以及為申請補助而寫的試寫版，衡量此工作的強度與難度，我在工作完成後，打算給自己五天的假期，一方面充分休息，一方面給已經密集寫作超過四十天的自己，充電的機會。

就在這假期的第二天，我的身心仍在極度的疲憊中，我忽然有了整個寫作《愛的不久時》的計畫，這是我所有計畫中最奇怪的，因為完全沒有具體的內容，我只知道我要寫一個寫起來非常輕鬆的作品，一個如果用我想像中的文學史的觀點來說：這是這個作者最不重要，但擁有最多讀者的小說。

開啟這個小說的，是一句非常簡單的陳述句：「現在，她終於能夠用他的觀點來看他們發生過的事情了。」不過就像我大部分的小說，那個具有開瓶器功能的句子或想法，往往不會成為作品本身，它只是一個觸媒。會在真正的創作開始後，被完全捨棄不用。

我花了點時間考慮是否要保留第三人稱的觀點，但後來實在覺得用「我」比用「她」可以有的虛構空間更大一些，於是我就決定用「我」來進行這篇小說。

就像「我」一樣，Alex雖然是個假名，但是真有其人，就像南特城是確實存在的。巴黎也是。但是寫作當然是完全獨立於任何事之外的事，只有小說是小說的主人。只有文學是文學的使命。

平心而論，Alex對我寫作的幫助大概不會是他想知道的。我在離開台灣前，台灣剛發生清大核工所洪曉慧殺人事件，其中男主角在同時有多達三、四位不同的性伴侶，這些學生之間彼此又有密友等等的關係，我對這個題材非常感興趣，不是因為它驚世駭俗，而是有感於他們非常日常生活的那些面貌，比如說洪曉慧在殺人後，會去買烤肉用具之類的細節。核工所也是一個我非常想探索的題材，什麼樣的人會去讀？

我自己讀過資優班，國中時就是核能廠招待與政令宣傳的重點對象，也差一點被洗腦成功。這或許是我對上述事件有種特殊的淵源感的原因。不過，我的這個寫作計畫一度被牽絆，原因在於我對理工科的環境氛圍沒有足夠的具體細節。Alex使我有機會採集到這類東西。南特在某個意義上，也與新竹共通，它不是首都，是離首都不遠的大城。我當然沒有讓Alex知道我在觀察他，以免他有被觀察者效應，變得過分活潑或奇怪。這個寫作計畫與目前的作品毫無關係。

我在寫作中間為了引用一句話，查閱了我的札記，我很驚訝地發現《愛的不久時》並不是全新的一個題材，它曾經藏在兩個不同的草稿中，一個名為《意義的手鍊》，一個就簡單地叫做《Alexandrie》。在後者中，我用我最喜歡的埃及古城給我的男主角命名。

這兩個小說都只寫了開頭，沒有繼續，用今天的眼光判斷，那兩個小說所以沒有被完成，在文學上是對的：那兩個計畫的感傷氣氛過於濃厚，細膩起來又像得了胃痛的川端康成，無論寫起來或讀起來都沒有《愛的不久時》的爽朗感。但換個角度來看，那兩篇如果完成了，也許就不會有《愛的不久時》。它們雖然相關，但看起來完全不相似，這都是因為寫作上考慮的不同。《愛的不久時》的誕生，偶然扮演了遠比我想像大得多的角色。

我唯一沿用的是札記上的一個圈起來的指示，非常簡潔但確實，如今看來顯得三、四年前的我頗有先見之明：此計畫獨立成一書。

3

「九一一事件」發生後不久，在法國的猶太人與阿拉伯人關係變得緊張。有天晚上我在巴黎的公寓中做晚餐時，傑克·德希達上了電視。他被邀請談他對歐洲大陸歷史悠久的反猶問題的看法。

我就像一般人一樣，會因為偶像上電視而心情愉快。我將電視的音量轉大。當我在廚房的方位，我就用聽的；當我煮的東西不需要我的時候，我就走到電視前瞥兩下電視。像不少嗜書如命的人一樣，我對人們的外形非常不注重，不管德希達長什麼樣子，反正是獨一無二的德希達，就算他的頭上有包我也一樣喜歡他。所以當我朝電視對他一瞥一瞥時，純粹是個電視觀眾的一般反應，並沒有對他長什麼樣子非常關心。

事情發生的時候，我手上端著一盤義大利麵，攝影機開始給德希達特寫——在那瞬間我的麵差點從我手上整個摔出去，我趕緊把它放桌上，把自己放倒在沙發上。——Alex是猶太人。

我對自己感到不可置信。有太多事實明擺著Alex是猶太人，但我竟然在我們在一起的時間裡，從頭到尾都沒想到過。他的姓是猶太人的大姓，這個姓之下出過國際知名的猶太哲學家，就算對歐洲文化不太了解的人，只要將這兩件事連起來，就會知道Alex是猶太人。我的知識水平本該非常容易使我想到這一點，我卻完完全全沒想到。我只是沒有去想。

讓我把所有事情連起來的是德希達的臉。我之前就看過德希達的照片，我對那張臉並沒有特殊的想法，對我而言，那張臉不過就是德希達的臉。但是在電視鏡頭中我所看到的德希達，比照片更生動立體，我看到的是他和Alex的父親的親緣關係——那種相像不是特徵比對的相像，而是你一下就會猜到他們屬於同一種族的相像。

德希達是猶太人，這一類的資訊，對於在東亞的亞洲人而言，其重要性不會大過德希達有過一頂牛仔帽；但對歐洲人就完全不同了。反猶太的問題在此地基本上還沒有解決，加上以色列建國過程的錯誤政策，我所接觸到的歐洲人，有不少，對於猶太人的偏見往往放任到令我難以置信的地步。即使不說屠殺他們是對的，一般的歐洲人還是很容易動輒指責猶太人「太驕傲」、「太封閉」、「太重視猶太人的處境」。

記得有次，我問一個同學她正在看的書是什麼書，她說那是一本科學著作，內容講述的是猶太人打算控制全世界的陰謀，我在當時就跟她爭辯了起來，可是這個西班牙女生的態度非常強硬，我們完全無法溝通——那是我還在南特學法語的時候。沒有人會比我更在乎這個問題了，我清楚地知道弄清楚反猶，才能弄清楚巴勒斯坦問題，兩個問題都是問題，不可以揀便宜地只關心最弱的巴勒斯坦。

我不記得我有沒有跟 Alex 說起這件事，因為我完全沒預設 Alex 是猶太人，我和他談起這類主題時，不只完全沒想到和他有直接關係，還把他當成可能對猶太人有偏見的歐洲人。回想起來，那場面不知有多荒謬。

我記得，有次我把《世界報》上講大屠殺的剪報連同我的文法教科書帶到Alex住處去讀，並用一種沉痛的口氣質問Alex看過隆茲曼的紀錄片《浩劫》[36]沒。Alex的反應在我眼中是不可思議的，他認錯般很乖地答「有」。既沒抱怨片長也沒說他不愛看——Alex最適合的是拍給小孩子看的那種笑鬧片。之後Alex又去冰箱拿了一罐可口可樂要請我喝。他是真的要請我，他自己沒喝。

當時我對Alex又討好又退縮的態度覺得不解，他似乎對這一主題毫無感想，還有，在當時我一點都不覺得「可口可樂」是非常適合搭配這一主題的飲料——但對Alex也許正好相反。

「可口可樂」代表美國。如果德國納粹組織了大屠殺，法國的維琪政府出賣了在法的猶太人，美國人至少接收了大批流亡的猶太人，更不要說後來登陸、救出在集中營中未死的猶太人。「可口可樂」，從這個角度看來，表達了非常多的感情。

這個遲來的發現改變了許多事。

這雖然不能完全解釋Alex令我覺得不安的悲哀的存在感，它至少使過往我覺得不對的東西不再那麼不對。比如說，有次我提到愛迪生，我相信我可能只是要提到燈泡或是什麼科學發明，Alex突然用種很害怕的表情告訴我說，愛迪生是個嚴重的「種族主義者」。

在當時，我對Alex覺得很不高興，不是因為他把話題岔開，也不是因為我不在乎這個情報，而是因為我覺得「你憑什麼害怕」？該害怕種族主義的，難道不是像我這種亞裔非裔的人？你一個歐洲異性戀白人，你不要讓我們害怕就好了，你害怕個什麼勁？我覺得Alex太不像一個有擔當的成人。而且還亂搶戲。

如今想起來，他當然比我還害怕了，再怎麼樣，我還從未碰到過有人打算並且真的做到過滅絕我咧——就連同性戀，我們在亞洲的祖輩們至少沒有進過集中營。真的身為猶太人，那是我有幸無法想像的一種滋味。

---

36 La Shoah，意第緒語「大災難」之意，後用來指對猶太人的大屠殺。電影導演克勞德．隆茲曼（Claude Lanzmann）的同名電影是研究此主題最重要的一部作品之一。

有次我聽美國國家廣播電台，主持人泰麗．葛莉斯[37]問書的作者，他小說對信仰的處理與他本人的宗教經驗有沒有關係，在交談幾分鐘後，自表為無神論者的作者說了一句耐人尋味的話：「我父母的父母是猶太人。」不是我的祖父母是猶太人，不是我是猶太人，而是我父母的父母是猶太人——沒有哪一句話比這話更能表達「認同的困難與不認同的不可能」了。我還以為只有身為台灣人比較麻煩呢。

在波蘭鋼琴家魯賓斯坦[38]的傳記中，我們或多或少看到一些「後屠殺時代」的猶太人的尷尬處境，很以身為猶太人為榮的魯賓斯坦沒有給他子女猶太文化的教育，他的女兒認為他弟弟以為「贖罪日」這個字是「好吃的魚」，實在可恥；但在同時，她的手足之一卻有著不切實際的妄想，老覺得追殺猶太人的人還在追殺他們。Alex如果是猶太人，最像的，就是那種記得「好吃的魚」與「追殺他們的人」的那種猶太人——比起像猶太人，Alex更像猶太兒童。

Alex受過天主教的洗，雖然家裡的人「沒人在乎宗不宗教」；他從來沒說過他是猶太人，但是當他想到電影片名中帶有「夜」這個字的電影，他所舉的第一部電影，竟就是亞倫．雷奈的《夜與霧》[39]，說完他趴在桌上，一副沒骨頭的頹廢樣子說道：「好慘啊。」要知道我們正在討論的問題可不是猶太問題，而是「是不是所有帶有『夜』字的電影都是情色的」。他一舉就舉了個大反例。

我有個表姐在美國，本來要嫁給一個猶太人，後來不嫁了，因為不能接受隨之而來要遵守的習俗規定。我聽我奶奶講這件事，我知道「連義大利是不是鞋子廠牌」都搞不清楚的奶奶，對「什麼是猶太人」全無概念，我打趣地問她道：「阿嬤妳對猶太人有意見嗎？[40]」她回答我：「什麼意見？我可是一句話都沒有說啊。」我奶奶對猶太人不可能有什麼意見。

---

37 Terry Gross。

38 阿圖爾．魯賓斯坦（Arthur Rubinstein）。

39 *Nuit et Brouillard*，作者為亞倫．雷奈（Alain Resnais）。德語版的翻譯是德國猶太裔詩人保羅．策蘭（Paul Celan）。此紀錄片一九五六年在法國上映，是較早開始搜集有關集中營史料之紀錄片。

40 因為台灣化的原因，在外省與本省通婚家庭中，稱祖母的「奶奶」與「阿嬤」混用。

——我覺得阿嬤如入五里霧的態度很好笑，我因為覺得好笑而整個用法文轉述給Alex聽。我記得Alex看著我的眼神非常怪異，我跟他確認了兩次他聽懂了我的笑話沒。他甚至複述了一次，但他看著我，很容易被我逗笑的Alex，一點笑容也沒有。回想起來，他大概只聽進「不嫁猶太人」那句話。

那時我如果知道Alex是猶太人，我還是會把這個笑話說給他聽的。但是在說法上，一定會有些不同。多疑的Alex，想必以為我故意以這個笑話刺激他，他絕沒想到他常以為「比他聰明多了的」我，會壓根沒有想到過他是猶太人，而只是傻傻地疑惑：為什麼這個笑話不好笑？為什麼Alex不笑呢？為什麼我的法文還沒法講笑話呢？

Alex，原諒我，我真的不是故意的。Pardonne-moi.

4

曾經有一度，我很傷心我所失去的「同性戀生命」。我在巴黎跟同學做了一個「同性戀影展」的社會學報告，非但拿到高分，還成為後來這門課的範例；同學裡有同性戀情人的，就算我什麼也不說，也會自動找我出示他們的同性戀身分——對於被這樣深深信任，我覺得比什麼都驕傲。我成了一個除了戀愛外，都非常同性戀的矛盾存在。

有一回我跟一個台灣的外省第二代朋友聊天，她抱怨台灣社會老是要拿「愛不愛台灣」檢驗人，我對她說：「妳知道嗎？如果妳是愛的，無論妳怎麼被檢驗，都不會對妳造成困擾。」

我想到鄭南榕，他就可以輕鬆地說他怎樣不愛台灣人的這個那個，因為他知道他終究是愛的——其實，最愛的人，總是最自由。朋友反問我：「可是妳覺得在經過雅蓉後，妳還是愛同性戀的嗎？」我鄭重說道：「當然！我還是非常愛同性戀的，這件事並沒有改變。如果妳有天發現我在這事上有改變，請妳提醒我。」我只是不愛雅蓉，我只是必須貫徹這一點才能活出自己真正想要的生命——然而就連這一點，也有出乎我自己意料的發現。

有天我在巴黎中國城散步。那裡有許多香港的東西，我忽然很想要找一部叫做《快樂的小野雞》[41]的片。那是很多年前，我在電視台看到過的片子。有次我去大學帶同性戀的讀書會，會後續攤聊到「同性戀電影」，我說值得討論的未必是所謂有品味的電影，有些乍看不像同性戀電影的商業片，也有同性戀文化。小拉拉們便問我：「比如說？」我回答道：「比如說，《快樂的小野雞》。」小拉拉們當場絕倒，驚呼：「學姐太強了。」她們一下就懂，更強。

那實在不能算一部好電影，許多地方都有太灑狗血之嫌，而且掛羊頭賣狗肉的厲害。然而說到「賣」的辛苦與心理上的複雜煎熬，大概因為演員的演技或什麼難以分析的原因，奇蹟似的萬分感人。整部片與「快樂的」沒什麼關係。

比起文雅的《GO FISH》[42]，以兩個進出監獄的落翅仔少女戀情為軸的《快樂的小野雞》，在我心裡留下更多的東西。

竟然真的讓我找到《快樂的小野雞》。到底還是沒買，實在太貴了。但我想以後應該也可以找得到。離開商店時，店裡正在放「達明一派」的歌，我心裡突然有什麼東西彈了開來。

我想到一部電影，我幾乎記不得什麼的一部電影。那是我還在國中或高中時看的片子，無論片名或是情節都很模糊了。那是一個略略帶有張艾嘉《黃色故事》或《玫瑰的故事》那種片的調調，用了大量音樂橋段充水的青春感傷片。

故事中，其中一個女孩，為了給並不愛她的男孩他所急需的一大筆錢，決定出賣自己的初夜。在她做決定前後，電影有大段音樂與沒什麼劇情的空畫面，音樂是黃韻玲的經典，不，不是叫做〈我失去了你〉，而是〈改變〉——這

41 導演李翰韜。
42《十種釣魚的方法》（1994），導演為蘿斯．裘棋（Rose Troche）。

些年來，我都覺得非常有意思的，是它的曲名。

我失去了你　那是一開始就知道的劇情
我失去了你　也失去所有曾經擁有的回憶
這樣的改變　你怎會不知道

我記得這部片，我尤其記得當年看片時，我覺得這個故事絕對是騙人的，沒有人會做這樣誇張的事，為了一個甚至不愛自己的人，與出賣自己的嚴重性比起來，沒有人會這樣白癡。但是我在離開商店想到這部電影時，突然知道自己也「改變」了，這「改變」就是，我已經相信那故事是真的了，我整個懂了。

雅蓉認識我的時候，我還沒有憶起自己被侵犯的童年，也還沒有離開原本的家庭，她最初認識的我，雖然說不上有錢，但絕不是貧困的。被侵犯的回憶浮現後，我就逃家並且半工半讀，在我的心中，拒絕我父母的金錢是一種遲來的、對我的貞潔的伸張，儘管是遲來的，卻在我的心理上扮演著重要的角色：

我寧可忍受飢餓，不願忍受屈辱。

使我為難的是雅蓉。她的良心使她不能因為我變窮苦而拋棄我，但我從來沒有認識過比她更不能窮的人了——她根本連一個不是有錢的朋友都沒有。我被誤診出癌症那一年，雅蓉已經四年高考落榜。

我私底下思考她落榜的原因，不全是因為不用功，不全是因為運氣不好，而是因為跟著我一起「清貧」，使她膽氣弱小了。我是小說家，匱乏只會刺激創造力，我基本上是不怕的。但是雅蓉不行，她越不考上，越不可能考上了。我了解她，一定要有什麼類似「樂透效應」的東西，才有可能使她上榜。我不可能一夕致富，我想的點子是「造假」，出國是最好製造「我不是窮人」的幻覺的手法。但是出國需要的那筆錢我沒有，如果跟我母親拿，我母親一定會給，但是她也一樣會讓我付出代價的。我花了一些時間考慮要不要「賣我的貞潔」，雖然賣的對象是我母親，但是代價最有可能最恐怖。那時，我心裡有首無聲的〈改變〉。

說真的，我在當時不是沒有抱持一線希望，希望最知道我有多痛苦的雅蓉會出面制止我，會知道賣身，即使只是象徵性的，即使對象是自己的母親，也是可怕的冒險，也許會導致發瘋，也許會導致自殺。但是連年落榜大約也使雅蓉沒了自信，她對我只有鼓勵與催促。

有一句看似不通的話可以說明這種情形，「自願性地被強姦」——這是沒有任何法律可以保護的範疇，尤其當強姦不是以性交而是以更精緻的形式來兌現的。怎麼那麼傻！難道沒有看過張愛玲筆下的顧曼禎或是黃娟嗎？不是都對自己說那是不可能的嗎？不是都對自己說沒有那個必要嗎？

當我母親將我父親的照片寄到南特來，那正是她要我們之間默契的「強暴」兌現的開端。——以「家庭幸福」為名，以她自己「我是多懷念我們家庭快樂的時光」為名。我非常熟悉「強暴者」的心態，我所沒有料到的是，我以為我可以拖延一年後才付出代價，然而才不過六個月，我所一直擔憂的，來自我母親對我「類強姦」的凌遲行為就成真了。我想到小時候她會毫無預警地怒火中燒，用湯匙在我口中上下左右地捅我，她臉上的獸性我永難忘懷——我是還要人餵的年紀，就懂了男女兩性都能強暴他人，強暴靠的不是性器官，而是心。

是的，我是自願的，是的，這「絕不是強姦」。那麼，這是什麼？我母親的父親強暴她母親，我母親向著她父親，從來不認為強暴他人是錯的，除非強暴之後不負責養小孩，或是被地位比較低等的人得手才能算玷汙。如果是被自己的母親凌虐，它的名字叫「親情」。我母親非常喜歡村上春樹還有幾米，聽到兒童不幸時也會很快流下真心的眼淚，各位，她跟你我相差不大。那小小的差別就是，她在有機會時，她也需要發洩發洩。不過就是這樣。

雅蓉在我出國沒多久，果然就考上了。我對她和對我母親的判斷都沒錯，對於我自己卻是錯的。

清醒的、「自願的」被強暴的經驗，並不會減低它的傷害性，如果以中醫的醫理來說，那個自願的自殘行為太傷元氣，從心理層面來說，我已經「虛不受補」了，我再也不能忍受雅蓉的存在或是愛的存在，雖然當初我是為了她，我不懂的是我自己，我自己的極限；我不應該越過我自己的極限太多，有什麼永遠、永遠無法回頭。永遠、永遠無法修補了。心理性的自殺一樣會死人。我的無情不是天生的。我認出我隱藏得很好的愛，我應該要活下去。

我把這東西寫出來，是有原因的——不要以為我們是同性戀，就以為我們比較禁得起強暴；不要以為我們愛著某一個人，就以為我們比較禁得起一切。禁不起的。

自然有自然法則，任何強暴行為都違反自然，連被強暴的母猴都會發神經，都會去吃小猴子的頭，更何況我們？不要用妳／你的理智、聰明或是意志力，這件事等妳／你有了經驗就太遲了：讓我告訴妳／你，我有經驗，禁不起的，我用我全部的生命希望告訴妳／你這件事，我希望妳／你不要再試了。

這樣的改變　你怎會不知道

5

我對人生仍然抱有非常多的盼望。我認識J不久，有個朋友在布列塔尼亞的布列斯特（Brest）附近的小鎮做生日，我去參加生日宴，提早了一點離開去逛布列斯特。

做生日的朋友在布列斯特上的大學，常常開玩笑取笑布列斯特，他說那裡一共只有一條大街，從頭走到尾，走完就沒了，又說這城醜得令人難以置信，使我很好奇。

我到的第一天先找到當地的青年旅社休息，旅社就在海邊，海岸長著高高瘦瘦的草，在我拍下的照片上閃著柔柔的金色，像是停在岸邊更高大的船舷的小孩。旅社有許多落地窗，時刻是黃昏，我只覺得走進一個金色的夢裡，有種永生又永生的感覺。

第二天一早出去，大概因為是星期天，菜市場熱鬧非凡。我隨意逛，遇到喜歡的景象就問可以拍照否。有個十歲左右的小女孩出來買花，買了一朵巨大的百合，花開得比她臉還大，給她拍照時露出靦腆與開心的表情。又有個五、六歲的小男孩，手裡緊抓著一台火柴盒小汽車，盯著雅致的玩具攤，我說要給他拍照，他整個人高興得僵住了，就連我告訴他，他可以繼續看他的玩具，他也不肯，整個人莊重得像禮拜堂裡的牧師，牢牢跟緊我的相機，他興奮過了頭，臉上沒有一絲微笑，像某些結婚前夕緊張過度的新郎。是個美麗的不笑的小人類。

這裡大概觀光客少，就連小孩看到我，都會客氣地讓出位置給我照相，本來有一對小姐弟在空地上溜直排輪的，看到我在拍照，竟也停下不溜了，我拍的是個海邊的石雕塑，正覺得有點呆板空曠，就跟他們商量好不溜到雕塑前打擾打擾：「使我的照片混亂點、活潑點。」他們聽了我的話很合作，入鏡時兩人的笑容都比燦爛。也不是只有小孩才這樣，肉攤上一對年輕夫婦，聽說我要拍他們，雖然低下頭不看鏡頭，拿菜刀剁肉之際，還是偷偷地笑了。

最快樂的是我，拍到了人們抵著笑意的人生片刻。那並不是為了拍照而露出的笑容，而是因為要被拍照所以就笑了。我很驚訝，為什麼只是被拍照，就使人們變得如此溫柔、神聖與美麗？這是照相術已經發明很多年之後的事喔。

雖然每張照片都只費一兩分鐘的時間，然而那一兩分鐘，就夠我收到了來自生命的禮物。我回到人間了。我拍了許多素未謀面的人，又拍了許多素未謀面的魚——在上火車離開布列斯特時才想起：糟糕我忘了好好想Alex了！我來到這本來是為了好好想一番Alex，悼念過去，寫下句點的。現在大家不都流行這麼做嗎？為什麼我又玩得忘了正事呢？這裡是Alex的老家，他的父母也還住在這，有一天我本來會跟Alex一起來的。布列斯特是Alex。我喜歡布列斯特。

回到巴黎遇到J，他問：「妳去哪裡玩啦？」

「我去了布列斯特。」我道。

J露出好笑的表情，彷彿聽說我跟一個令人發噱的男人「睡一覺」般：「布列斯特有什麼呢？」

我認真回答道：「有海洋生物博物館。很棒呢。」

「沒錯。」J聽出我語尾「也許法國人覺得不棒」那種沒把握，他加倍大力讚揚說：「棒，他們真的做得相當不錯喔。」

接著，他用許多術語跟我解釋博物館是怎麼建的，比手畫腳，用一種專家實事求是的態度。我不知道那跟他的專業有關，他學地球物理或自然地理之類的東西，他對我解釋的東西我一句都聽不懂，但是我好幸福，我喜歡人們解釋東西的樣子。我好喜歡所有完全沒有用的解釋。那是生命。生命喜歡我。

二〇一〇年十二月十五日寫畢
二〇一〇年十二月十六日修訂完畢

後記

暫時的一切

——寫在《愛的不久時》「2020我行我素版」出版前

《愛的不久時》(以下簡稱《愛》)是我至今以來,自己最喜歡的一本書。它有最簡單的面貌,實則說了非常複雜,且只有小說才能說得那麼好的事——也因為它的這個特性,即使我在公開介紹它時,也一貫「顧左右而言他」,絕不輕易將藏寶圖示人。我自己「偷看」讀者們的反映,會在心中下註腳:「這個已非常接近寶藏了」、「這個越來越沒希望了」。——看到前者,我往往會非常興奮,甚至會想出聲喊,「動手撬開啊!」——有時會看到有人一直在進門處繞來繞去。其實線索都在明確的地方，並沒有刻意為難人，但至今為止，拿到小寶貝的人多，至尊（？）之寶少。每個人得到的指示都差不多，這就是遊戲的公平性——相較於我的若干作品會心軟而循循善誘，《愛的不久時》維持了我最本色的「其心如鐵」，我幾乎可以肯定地說，它是我文學的原點。儘管完全只讀表面文章的人，也有它可以得到的愉悅——這小說隱藏的礦脈，連我自己重讀時，也都被震懾住。——因我寫完幾個月後，就開始忘記內容了。只保留抽象的記憶。——所以，重讀自己的小說時，也不知小說會如何開展。前陣子重讀，我當下的反應即是近乎失聲呼喊：天啊我的天啊。我記得這小說有什麼東西是「很厲害的」，但真讀到時，我也還是很受驚嚇。

短篇小說裡，在我心中有同等位置的是〈家族之始〉。作者偏愛自己作品這事，說來可能不妙，理論上好像要有父母對待子女的態度，一概都說一樣愛一樣疼——但我們也知道，這不是真的。與其否認存在投緣這種事，不如老實承認——某些親子緣分淺的人，可能會有其他緣深。公平當然還是要公平，但情感是另一回事。到現在為止，沒什麼作品我是寫了就丟下不管的，天性上沒有那麼愛的東西，也有理智上的愛——這一點，在人與人的關係中重要，在人與書的關係也一樣。

《永別書》（以下簡稱《永》）寫完好一陣子，我的臉都是慘白的，就算沒有立刻全部忘記，我也傾向不再想起——當然接受採訪或什麼活動之前，會再讀一下，免得跟不上提問。

《永》的誕生與《愛》息息相關，《永》的作者是有意要批評《愛》的作者——這點我非常清楚，可是批評與否定是完全不同的事，惟其有一個具體存在的小宇宙，批評才能進行。而我在這個歷程中，比別人更清楚的，就是「一定會有還好是有」《愛》這本小說。

幾年前，我在一個文學座談會現場，會後有一個年輕女人來找我說話，她說，我拿《愛的不久時》給我男友看，他看完後，我們就結婚了。我非常歡喜，頻頻說，太好了太好了。我沒有追問任何細節，真實人生發生的故事，不會等同小說，但兩者之間有類似祝福與慰藉的關係。年輕女人沒有用任何文學說法的角度談論小說，而是用生活中的真實事件，作為對小說的回答，我認為，她是非常非常懂得這本小說的。

這是什麼意思呢?

讓我說得更明白一點:文學的作用絕對不在使人模仿任何行為,而是要接受自己的人生——很明顯的,結婚這種情節完全不存在《愛的不久時》,然而我相信,小說能夠迴護這個行動,就像它可能迴護其他完全相反或不相似的行動,比如分手、戀愛或不戀愛、轉行或賣掉一部車——只要這個行動對讀者來說,是有意義的。比如我很喜歡宮澤賢治《銀河鐵道之夜》的結尾,我總是忘記中間那些有哲理的段落到底說了哪些哲理,然而,每次到結尾,我都會決定「更在自己的生命中一點」——「去做妳自己喔」這種喚起,確實很抽象,作者根本不可能知道不同讀者的生命,是怎樣不同的生命,可是這種「喚起」仍然可能。

就像音樂不說一句話,仍然能「讓你知道有些黑暗奪不走的東西」。在書寫《愛》的過程裡,我在做的就是這樣的事。

對於某些為了表達比較喜歡《永別書》,就(在我看來,莫名其妙)傾向把

《愛》貶低的修辭——那當然是評論的自由。但我通常都是心底扮鬼臉：「胡說些什麼呀！」

應該是在某個頒給出版後作品的文學獎會議紀錄，裡面施淑說了針對《愛》與其他幾本作品的話——概括而言，意思是這些作品具有某種「誠品性格」——因為《愛》是與其他作品共同列舉，針對性到什麼地步，比較難說。但因為我私人感情上，還滿喜歡施淑，所以我的直接反應是接近大笑，有點好玩，但又覺得「有機會要跟施淑說說啊」（其實關係沒那麼近，只是並不生氣才會有這種心語）——「沒想到，障眼法被當成作品了」——我這樣想。

好像甚至應該小高興？我是不會像某些作者自謙，說若是被誤讀都是自己的錯——偏偏就是也有不是自己的錯的時候。（真的！）在這個誠品不誠品的問題上，我倒是很有把握，最好就是認真來檢驗——這部分，我從很早就是「反對亞維儂原初理想」——亞維儂原初理想的意思是，「要讓戲劇走向底層，教育底層」——我的想法完全相反，高層才要教育，才是欠教育的。後來我發現，彼得·布魯克也發表過類似說法。

如果存在什麼「誠品意識型態」（這一點我想可能還需要更全面了解）的話，我並不覺得我是與其一致。年輕時我碰到過一個我很尊敬的女性主義者，她跟我說，她們在某個場子遇到挑戰，對方是一個「全身名牌」的年輕女生，言下之意，是說這樣的女生是「另一個世界」的人，而且因此言論沒有合法性。我當時的回答是，名牌不代表什麼呀，名牌也有仿的啊。——所謂底層也是多種多樣：會穿得「嗆得要命」的女生，有時身上連五十塊都拿不出來。我會知道，因為我在過那裡。

不是說，穿名牌就得反推成底層，而是說，事情從來就沒那麼簡單。這就是一個卡波提《第凡內早餐》的老問題。

南特巴黎乎？第凡內是也。

一高興就說多了。第凡內早餐，要是小說不是我的，此時我會覺得好過癮。打住打住。

確實偶爾我會覺得「就讓一些人誤入歧途，讓一些人捷足先登」才好——不然兩者又有什麼價值可言呢？記得那時看到賴香吟說兩、三句，很含蓄模糊——但我很愉快地想：「好像還是寫小說的身上指針準一點啊。」我寧可含蓄模糊。

有必要交代一下的，是在初版時，捲在「同志文學」中的問題。

二〇一一年八月由聯合文學出版社出版的這本小說，在小說主文末尾標了「二〇一〇年十二月十五日寫畢」，修訂完畢日就是次日。我小說裡的數字通常不寫實，用一個數字往往取決於它可以引起的聯想感，但除此之外的日期，我則有如實的習慣。內摺頁寫了「開始寫小說時是十月」，「以每日三小時左右的速度進行」，應該都是可靠的，修訂所以那麼快，是因為每個三小時的前幾分鐘，如同暖身般先修訂前日所寫，所以所謂修訂就是「再讀一次」——用了不到三個月的時間寫，這種寫長篇的速度算快，可是那段時間的每一天，除了寫小說之外，什麼也不做。不見人——甚至也不讀書。

我有記筆記的習慣，就像便條紙，事過境遷後也許會扔。那一年，因為剛從法國回到台灣，必須以命令句囑咐自己許多事，我有一本手寫的「桃紅筆記本」，非正式，日期時有時無，首頁有以時間為單位的備忘，「如何做鹹燕麥？」

「辦手機」。剛剛才把筆記本翻出來。

——有意思的是次頁的塗鴉與接下來的七頁，顯示我在思考《永別書》。再來就是手抄《第凡內早餐》的「頁一二八」（！！！）。桃紅筆記本應該最後會毀掉，抄一些今日看還有意思的東西，從筆記看，八月九月都在以一種與後來寫成《永》不太一樣的方式設想小說，同年十月七日字體變得整齊有力，沒提到任何小說，但顯示我在處理與小說無直接關係的人生事，以便無掛念地開始寫——前一頁明顯在思考後來的《愛》（書名還不是）。以數字標了二十個「當妳想起南特……」——考慮把南特當成素材——不看筆記，我還不知道我有工作方法。「那種濕的綠」——這句現在還很有感覺。「從公車窗外望見的腳踏車店」——完全不記得。

下一頁數字標五書名，顯示把《愛》放在《永》之前書寫已成定局，第五個書名我現在看到非常喜歡，也許該回去寫。下兩頁是機票與旅遊香港的十件事，推估十月底十一月初就在計畫去香港，列十件要去香港做的事，用紅筆打勾表示「做到」，有做到的事包括「到大嶼山玩一整天」等八事，沒做到的是「到皇后飯店吃皇后雞飯」等——找路太難。這中間，就是忽然「完整地感到這部小說的存在」——於是毫不遲疑地完成。「突然瞥見那種可能性」——信任直覺並託付給，陌生夜色。

以上是二〇一〇年之前結束的小說。出版的事多半落在二〇一一年。我執筆加寫的包括〈文學與我〉兩篇、〈後記〉與〈作者的感謝名單〉，此外還有四篇長短不一的專文導讀與十三則留言版性質的「留言」——以上這次都不再收錄進來，為的是讓買了初版的讀者保留其初版的特殊性——傳言說「初版」網路上賣到千元，「有這種事」——我有點吃驚，總之，不記得何時變成絕版。因改變絕版狀態的主動權在我手中，所以延宕也是我的責任居大。

因為出版與書寫相比——出版是件無趣（但我盡可能說服自己它有趣）多了的事——我也一直有危險的傾向，「只寫不出」的誘惑永遠在那，並不是對問世有任何疑懼——年輕時也許還有證明自己的需求在，但越到後來，往往寫完就很滿足，「分享出去」——老要用勉勵自己（好好做家事或運動）的態度去做。

以往我看到作家寫了不出收在抽屜甚至燒掉，總覺得「很不像話」——但我也是懂那「已經成了」的感覺，雖然旁觀永遠覺得「很不像話」。

二〇一一版的出版，說起來也是「很不像話」——我有個印象，我寫完就很想玩或寫下本書，不記得當時我知道那人是孫梓評或還是稱其為「自由副刊的編輯先生女士」，在看完小說全文後，會來信詢問「出版的進度」。而我為了不讓人覺得我「很不像話」，先假裝認真，後來倒也就認真起來，一面處理一面回信，表示「有有有」，我沒有「很不像話」——可當時的感覺很像還賴在沙發上玩東玩西，就被盯「妳功課到底做完了沒？」只好假裝沒有不情願地說：「我馬上去做」。那段期間有許多有趣的事，發生在梓評、（羅）珊珊和我三人之間，但一一寫它，篇幅會太長又太細，那是非常幸福的經驗，且最接近我「二〇一〇」的初感。那個「初感」就是這次新版我想「恢復的」。

那麼，什麼是二〇一〇與二〇一一的差別呢？

雖然以年份曰，但真正的感覺不見得完全是根據年份。所謂二〇一一之感，就是外於小說書寫，有個「同志有難」的社會氛圍開始加進來。轉眼十年過去，現在不記得每個事件了，不過，有個時空接榫的問題在那裡。儘管法國同婚是後來才通過，但我在法國那些年，法國基本上是「後帕克斯」時期，雖然宣教時仍在說「同志是天譴」的事還存在，社區同志運動工作者也表示，同志在法制上得到保障，認為同志在文化權上需扶持的文化預算反而開始縮減，對年輕同志未必「一切都好」，但整體來說，接納同志此事已經普遍得多——歧視沒全部消除，但已不是如我青春期在台灣所感受到的——漠視與偏見一面倒。我知道，每次只要我說到「已有改善」，往往招來憤怒的抗議，認為應該更強調「仍然不平等」——雖然我的今昔比較，從來不是說不必努力——一句「我感到厭倦」，我大概忍了二十年不說出口——忍耐卻也是自願的，因為對受到不公平待遇的人說，「我厭倦了這些抱怨」，確實又在加強不公平。

二〇一九年，台灣同婚終於通過。第一層感想當然是高興，第二層感慨也是，不平等壓抑的不只是權益，不平等也讓多少自由活潑的個性被埋葬與放棄呀。簡單地說，對我而言，二〇一一年時有個過分聚焦在同志議題的現象，這個現象並不是任何單一個人或事件施加在我身上，而是在當年的氛圍中，我自己也覺得有必要把反歧視的態度擺出來。因為我確實覺得恐同的言行，太誇張且必須處理。

可是在同時，我希望用小說打開一個更寬鬆空間的初衷，就彷彿風中之傘，先是搖來晃去，後來甚至飛走了。在某些情況下，我說了十樣事，最後被寫出來的幾乎只有與同志有關的部分，而且放大的程度超過我的想像。我想我「沒有要迴避但也不打算被框架」的立場，對有些人來說，並沒那麼好懂。

然後，出現了讓我會稱為「並非惡意但非常不靈巧」的論述，論者並不批評我，卻在提到小說時，以對我來說，不夠有意義的角度貶低同女社群，這是我難以接受的——在言詞往復的過程，我提早收兵——並非沒有論點反駁，而是有許多其他考量，希望還小說一個較自由的空間是其中之一。在此，我希望表達對林欣誼的感念，當時她抓住了文學表達的某種難度，令我至今深深感謝。

此外，有個思考背景的東西，可以說一下。

就像我還是會打噴嚏，我不能保證「我從沒說過一句本質論立場出發的話」。然而，在大部分的時間裡，「我是一個對本質論深表感謝又同時態度審慎」的發言者，所有宣稱「她說她是」——不論是說「她是同志」或「她是雙性戀」——都是跳躍思考地「以訛傳訛」。而我很早就下定決心，對任何傳聞，除非是說「她殺了人」，否則一律不澄清。

我仍然是「對本質論友善但保持距離」的人，「不反對，但也不長期加入」。就是，我完全不願意在本質論與建構論兩者之中二選一，這是長期思考的結果。所以要我去打哪一方我也是不爽的，但我不是沒有立場，而是「我就是這樣複雜（或難纏）且絲毫不打算妥協」。

寫了四千多字，但我要交代的不過是，為什麼在多年之後，我曾鄭重決定給《愛的不久時：南特／巴黎回憶錄》一個比較無印，比較素顏，也比較赤手空拳的「２０２０裸賣珍藏版」——我對讀者以及這部小說，有我最全面與堅強的信心——我們至少應有一個這樣的版本。不過，有人跟我反映，「裸賣」兩字不見得好懂，且有與酒類中的「裸麥」混淆的可能。想了想，就改為「２０２０我行我素版」：我以為我曾在被問到，什麼是我寫作的類似核心精神，我回答過，最有關的方法就是「我是一個我行我素的人」。結果翻開紀錄，我說的是「獨來獨往」。在精神上非常有意識且不害怕「獨來獨往」——無論「獨來獨往」或「我行我素」都是我最珍視的，這就是「我行我素版」的原由。

單純，然也毫不簡略；低限，同時絕不虛弱——這也是我想以小說，對世界與各位致上的心意。

二〇二〇年五月五日（世界手部衛生日）寫畢

二〇二〇年六月七日修訂完畢

致謝

此次小說再版，我首要感謝（陳）瓊如。她有多可愛，我想趁機記上一筆。某次我以公事公辦的態度，道：「重要的事，應該是書稿吧。」沒想到她馬上回嗆我：「我們也是會關心作者的欸。」讓我每想起一次，就笑一次。編輯的辛苦有太多不為人知之處，包括確保作者本身性格的各種弱點不要損及出版，若以隊友比喻，她真是個超級救球員，謝謝她的細心與勇往直前。蕙慧姐提供了不少寶貴意見，使我得以注意不同的環節。朱疋給了這本夏日之書，傳言中可代替麻醉劑的藍與美麗的冰塊，低調又準確地擲中小說的「時間」靶心，在此都要致上謝意。

所有在初版時感謝過的朋友，感謝不變——再次感謝。如有愛好研究致謝辭的朋友，可在圖書館查閱。十年前，當這本小說寫完後，香港之行曾給了我很溫暖的撫慰與啟發，在那途中，好幾人送我書，好幾人優雅令我同桌，還有人唱歌說故事給我聽，不知你們可安好？我對你們深深惦念。

最後，有一人比我更愛這本小說，使我不為我自己，也要為這本小說說聲謝。那就是除了說笑話、冷知識與挑禮物（凡可比拚種種事）完勝我外，再次把我比下去的那人：（孫）梓評，謝謝。

愛的不久時

南特／巴黎回憶錄

作者　張亦絢

副社長　陳瀅如
責任編輯　陳瓊如（二版）
校對　魏秋綢
行銷企畫　陳雅雯
封面設計　朱疋
內文排版　宸遠彩藝
印刷　呈靖印刷股份有限公司

出版　木馬文化事業股份有限公司
發行　遠足文化事業股份有限公司（讀書共和國出版集團）
地址　231023 新北市新店區民權路 108-4 號 8 樓
電話　02-2218-1417
傳真　02-2218-0727
客服信箱　service@bookrep.com.tw
客服專線　0800-221-029
郵撥帳號　19588272 木馬文化事業股份有限公司
法律顧問　華洋法律事務所　蘇文生律師

二版一刷　2020 年 8 月
二版四刷　2024 年 8 月
定價　NT$350
ISBN　9789863598220（平裝、EPUB）

國家圖書館出版品預行編目

愛的不久時 : 南特 / 巴黎回憶錄 / 張亦絢作 . -- 二版 . --
新北市 : 木馬文化出版 : 遠足文化發行 , 2020.08
264 面 ; 14.8×21 公分

ISBN 978-986-359-822-0(平裝)

863.57　　109010375